Estrella de la Mañana
Esperanza
existe
Pacífico
Mar de China
Siam
Filipinas
Sarawak
Borneo
Sumatra
Java
Australia
W0334385

La verdadera historia del Capitán Garfio

Primera edición: octubre de 2012

Título original italiano: *La vera storia di capitan Uncino*

Texto: Pierdomenico Baccalario
Cubierta: Matteo Piana
Gráficos: Clara Batello
Adaptación de cubierta: Book and Look
Maquetación: Marquès, SL

Edición: David Sánchez Vaqué
Coordinación editorial: Anna Pérez i Mir
Dirección editorial: Iolanda Batallé Prats

Todos los nombres y personajes que aparecen en este libro, copyright de Edizioni Piemme SpA, están bajo licencia de Atlantyca SpA en su versión original italiana. La traducción y/o adaptación son propiedad de Atlantyca SpA. Todos los derechos reservados.

© 2011 Edizioni Piemme SpA, Corso Como, 15 – 20154 Milán, Italia
© 2012 Elena Martínez, de la traducción
© 2012 La Galera SAU Editorial, de la edición en lengua castellana
Derechos internacionales © Atlantyca S.p.A. – Via Leopardi 8, 20123 Milán (Italia)
foreignrights@atlantyca.it, www.atlantyca.com

La Galera, SAU Editorial
Josep Pla 95. 08019 Barcelona
www.editorial-lagalera.com
lagalera@grec.com

Impreso en EGEDSA
Roís de Corella 16
08205 Sabadell

Depósito legal: B-19.728-2012
Impreso en la UE
ISBN: 978-84-246-4394-2

Cualquier forma de reproducción, distribución, comunicación pública o transformación de esta obra queda rigurosamente prohibida y estará sometida a las sanciones establecidas por la ley. El editor faculta a CEDRO (Centro Español de Derechos Reprográficos, www.cedro.org) para que pueda autorizar la fotocopia o el escaneado de algún fragmento a las personas que estén interesadas en ello.

Pierdomenico Baccalario

La verdadera historia del Capitán Garfio

Traducción de Elena Martínez

laGalera

Relato de la vida
y de las aventuras
del caballero inglés James Fry
pirata de las Indias e hijo secreto
de Su Majestad el Rey Jorge IV
más conocido como «capitán Garfio»
gracias a la obra del señor
James Matthew Barrie
compilado dos siglos más tarde
por el señor Pierdomenico Baccalario
tras un largo viaje
a la Isla Bonita de Taormina
y a la bonita Isla de Sicilia

Señor, déjame ser una sombra en Tus manos.
Yo puedo ser un héroe o un demonio, un rey o un hombre cualquiera,
Un árbol, una planta, un animal...
Pero déjame ser una sombra en Tus manos.
Mi vida terrestre está llena de esfuerzo y de lucha,
Y me humillan mis numerosos enemigos.
Su escarnio es más rápido que las flechas aladas;
Sus palabras más cortantes que el kriss.
Pero mi lucha no ha acabado todavía
Y nunca acabará.

Noto Suroto, Cantos del teatro Wayang
(extraído de Frits A. Wagner, Indonesia)

Este libro es para Lù

Primera parte

James Fry

1829

Todos los niños, excepto uno, nacen.

Y la que sigue es la historia de cómo ocurrió este extraño suceso.

Dicen que era un día absolutamente normal: una típica tarde inglesa.

Un cansado sol se arrastraba a duras penas por el cielo: aparecía y desaparecía como una moneda de estaño y, de vez en cuando, iluminaba los muros del castillo de Windsor. La residencia del rey parecía un cúmulo de ruinas.

Sus murallas almenadas y la gran torre en la cima de la colina estaban cubiertas desde hacía meses por los andamios, como las vendas de una momia envuelven a un faraón: centenares de pasarelas y de escalas, de poleas y de cuerdas tendidas. Y luego montones de piedras partidas, vigas y viguetas, cuñas y clavos de hierro; los proyectos de los arquitectos abandonados en las mesas se movían despacio, desplazados por la ligera brisa del atardecer.

Virutas de serrín, cal y limaduras de hierro se movían por el aire como enjambres de insectos.

Pero los patios estaban vacíos. Los andamiajes, silenciosos.

Se esperaba algo que aún no había llegado.

En las caballerizas, algún caballo inquieto golpeaba el suelo con los cascos, otros relinchaban bajito, titubeantes, buscando respuestas. El mozo de cuadra les susurraba alguna palabra dulce mientras les acariciaba las crines. Pero también él escrutaba el exterior, donde el cielo se iba oscureciendo a toda velocidad, como si el sol se estuviera apresurando para despedirse de la escena.

Tras las ventanas de las habitaciones de la nobleza no se veía un alma. Los pesados cortinajes estaban echados, y los nudos de tela que los ceñían parecían cerrojos de una prisión.

Difícil imaginar a qué se debía todo aquel secretismo. Quizá los nobles no estaban interesados en saber qué era lo que ocurría en los patios. O quizá no querían que nadie les observara desde los patios.

Bajo los tejados del castillo, donde se respiraba un aire cargado de calor y del ronquido ahogado de la servidumbre, los únicos sonidos que podían oírse eran el chasquido rítmico de las cartas, el rumor de los billetes y el tintinar de las monedas en las improvisadas mesas de whist. Algunas veces, cuando desde abajo subía una orden, uno de los sirvientes dejaba su cama, se echaba rápidamente un poco de agua a la cara y desaparecía escaleras abajo, por los pasillos del castillo.

Sin decir una palabra.

En las cocinas bullían los preparativos de la cena. Rugían ya los primeros fuegos, pero también su llama parecía perezosa. Sobre las largas mesas de madera, los cubiertos de plata acabados de limpiar eran introducidos uno a uno en los pequeños bolsillos de los largos paños de algodón que debían protegerlos. Los paños de algodón se enrollaban luego sobre sí mismos como las espiras de enormes serpientes. Y las serpientes se escondían en armarios colosales, con cerraduras inviolables.

Y todo ello sucedía en aquel insólito silencio.

Era como si cada persona del castillo estuviera ahogándose en un mar de pensamientos. Un mar tan denso que ni siquiera el sonido de las campanas lograba disipar.

Con el tañido de las nueve y cuarto de aquel día aparentemente tan normal se levantó un viento inesperado. Por la zona de Windsor lo llamaban el «corro del mar». Subió hasta el castillo, sacudió los andamios y batió los portones de las caballerizas; las vidrieras sopladas a mano de las estancias nobles vibraron y las vigas del techo crujieron amenazadoras.

Un largo sonido quejumbroso serpenteó por los pasillos de Windsor, haciendo palidecer el fuego de las cocinas.

Los viejos muros contuvieron la respiración.

Todas las personas que se encontraban en el castillo dejaron de hacer por un instante aquello que estaban haciendo.

A girar, dijo el mar. Y en aquel preciso momento se oyó el llanto de un niño.

Era el 28 de abril de 1829.

Y apenas hubo sucedido todo aquello que ha sido contado, el viento desapareció para volver al lugar invisible donde reposaba.

1

La habitación estaba oscura, como se había convenido, y tenía al menos cuatro salidas diferentes.

El más joven de los conjurados fue el último en llegar, después de haber subido a la carrera todas las escaleras del castillo. Apenas se introdujo en la oscuridad de aquel lugar tan reservado que ni siquiera conocía el señor Wyattville, el arquitecto del rey, percibió el olor dulzón del incienso.

Y eso le sorprendió.

Los otros conjurados hicieron crujir sus elegantes vestiduras y las armas de ordenanza que llevaban en el cinturón.

El primero de ellos preguntó:

—¿Entonces, ha ocurrido?

El más joven de los conjurados se limpió las manos en la bata de médico manchada de sangre y aguzó la mirada para tratar de distinguir cuántas personas más se habían dado cita allá abajo.

Pero vio solo destellos de medallas y de escarapelas, un puntiagudo sombrero de marina, una bota brillante y cinco perfiles engullidos por el negro color petróleo.

Se aclaró la garganta para poder responder.

—Ha nacido, sus señorías. Y es un varón.

—¡Un varón! —exclamó uno de los conjurados con un marcado acento alemán—. ¡Parece casi una maldición!

La tensión empezaba a caldear el ambiente. No era la primera vez que una sospecha de ese tipo revoloteaba por las habitaciones del castillo. Una maldición, se decía ya desde hacía años, había caído sobre la familia real.

Pero el joven doctor continuó:

—Un hermoso varón de ocho libras, para ser más exactos. Y por cómo ha gritado apenas ha llegado al mundo, señores, parece que goza de muy buena salud.

—¿Y la madre, doctor? —preguntó con un susurro el hombre que había hablado en primer lugar.

Al sentirse citado, el más joven de los conjurados se puso tenso. No le gustó saber que ahora los otros conocían su identidad, mientras que él, de ellos, no veía más que formas indeterminadas vibrando en la sombra. De todos modos, decidió proseguir:

—La madre ha sobrevivido al parto, y está despierta y consciente. Es una mujer fuerte y robusta, y también ella, lamento decíroslo, parece estar en perfecto estado de salud. Como si no hubiera ocurrido nada.

—¡Esta es la peor de las desgracias! —exclamó el alemán.

Y a él se añadió una voz que aún no se había pronunciado:

—¡No solo tenemos un mocoso ilegítimo, sino también una madre impresentable!

—Ilegítimo, ciertamente, Sir Robert... —replicó la voz que

había dirigido desde el principio la conversación, una voz que poco a poco el doctor empezó a enfocar, a medida que sus ojos se iban adaptando, lentamente, a la oscuridad de aquel lugar subterráneo—. Ilegítimo, pero también el primer y único hijo varón del rey de Inglaterra. El único heredero que podría sobrevivirle.

Pensando en quién podía ser «Sir Robert», al doctor le vino a la cabeza Robert Peel, secretario de estado del rey, y por primera vez empezó a pensar que el complot al que había sido invitado podía ser mucho más peligroso de lo que había imaginado.

En la habitación sin luces se produjo un largo momento de silencio, interrumpido justamente por la voz de aquel misterioso Sir Robert.

—También el sobrino del rey, el hijo de la pobre Carlota, ha nacido muerto. No hay otros herederos. Y la edad de nuestro soberano no invita a pensar que las cosas puedan cambiar.

—No es su edad lo que nos asusta... —intervino, con un tono de voz grave y cargado de autoridad, un hombre que aún no había hablado —, sino la enfermedad que le aflige y que le obliga a no salir nunca de sus habitaciones, con tal de huir de la luz del sol.

La voz que el doctor pensaba haber reconocido interrumpió a ambos.

—Nuestro rey lleva una vida insensata. ¡Está rodeado de una corte de ineptos! ¡No ejerce la política desde hace años y emplea todo su tiempo en inútiles recepciones, entre damas, artistas y gandules! El pueblo quiere un rey... y nuestro rey, sin embargo, fingiendo ser un perfecto caballero, rehúye sus obligaciones.

El doctor dio un paso atrás en la habitación, sobrecogido por la fuerza de aquellas afirmaciones. ¿Quién podía ser tan osado, loco o temerario para hablar de aquella manera del rey Jorge IV del Reino Unido, duque de Cornualles y príncipe de Gales? ¿Del legítimo rey de Inglaterra?

—¿Qué proponéis, entonces, ahora que el niño ha nacido? —preguntó Sir Robert.

—Conocéis la posición de Eton —intervino el hombre de la voz cargada de autoridad.

Aquel que poco antes había imprecado contra el rey estalló en una sorda carcajada.

—¡Pues claro que conocemos la posición de la escuela! Pero en esta apurada situación, francamente, no es posible pensar en actuar de otra manera que no sea la que hemos acordado.

—Podría ser un error que se pagaría caro, mi príncipe —le reprochó el hombre de Eton—. La sangre llama a la sangre.

«¿Mi príncipe?», se preguntó el doctor, con la boca repentinamente seca. ¿Y de qué sangre hablaban?

—Nada como el error de reconocer al niño. O, peor aún, dotar de respetabilidad a su miserable madre. ¿Tiene nombre?

La pregunta revoloteó en el aire deteniéndose al fin en el joven doctor.

—El niño no, señor —respondió este—. Todavía no tiene nombre.

—¿Y la madre? —gruñó el príncipe.

—May —respondió el doctor tambaleándose en la oscuridad a la búsqueda de una pared en la que apoyarse—. Se llama May, señorías.

—Muy bien, doctor —le apremió el príncipe. Se movió en la oscuridad haciendo resonar sus botas en la piedra húmeda y el blasón de su traje brilló como el ala de un cuervo—. Entonces, vos y yo tenemos que ir a ver a mi hermano el rey para darle la noticia de que la pobre May no ha sobrevivido, y que el niño ha nacido muerto.

—Pero príncipe... ¡eso es cruel! —le reprochó la voz de uno de los otros conjurados.

—¿Queréis acaso un bastardo en el trono de Inglaterra? —rugió el príncipe Guillermo, deteniéndose a pocos pasos del joven doctor, que ahora podía verle claramente el rostro.

Nadie se atrevió a responderle.

—¿Vendréis conmigo a darle la noticia? —insistió el príncipe.

No era una pregunta a la que se pudiera responder con libertad.

El doctor asintió, lentamente. El hombre que tenía frente a sí era aquel que, en caso de que no hubiera otros herederos, pronto se convertiría en rey.

—¿Qué queréis que se haga con la madre y con el niño? —preguntó detrás de él Sir Robert, antes de que abandonaran la habitación del subterráneo.

—El mar es el esposo de Inglaterra... —respondió el príncipe—. Dejad que se ocupe también de este secreto.

2

El joven doctor caminaba tras el príncipe Guillermo, que ya no era precisamente joven.

Caminaba y se mordía el labio, incapaz de tomar una decisión digna de tal nombre. Tenía ya clara la entidad del complot en el que había participado: el verdadero objetivo de los conjurados no era la salud de una madre que acababa de dar a luz a un niño, sino la Corona.

La Corona del imperio más grande del mundo.

Incapaz de pensar y sobrecogido por los estremecimientos de una tensión creciente, el médico se limitaba a caminar, tropezando detrás del príncipe. Y mientras tanto, mil preguntas acudían a su mente.

¿Con quién había hablado en la habitación secreta de Windsor? El hermano del rey, que ahora caminaba unos pasos por delante de él. Y luego, aquella voz autoritaria de Eton. Eton, la mejor escuela del reino, donde se formaban los mejores hombres de estado de Inglaterra. ¿A quién pertenecía esa voz? ¿Y por qué no había sido escuchada?

Estaba Sir Robert. Sir Robert, claro. Podía ser Robert Peel, el secretario de estado. Pero Peel no era Sir. Era simplemente el señor Peel, aquel que acababa de instituir la policía ciudadana inglesa: los «bobbies», como les llamaban en las calles, deformando su nombre. Robert Bobby. No Sir Robert.

¿Y los otros?

El joven doctor había oído hablar a uno de ellos con un marcado acento alemán. Sabía que parte del Reino Unido se extendía sobre el continente, por una región llamada Hannover, en tierras germanas. ¿Era quizá de aquellos brezales salvajes de donde procedía el último conspirador? ¿Y estaba allí, en secreto, para obtener algo?

El médico continuó repitiéndose estas preguntas, mientras seguía al príncipe hacia los aposentos reales. Sentía cómo la atmósfera se hacía cada vez más densa y supo que estaba entrando hasta el fondo en una trampa preparada a propósito para él.

—Déjese la bata puesta, doctor... —le ordenó el príncipe a mitad del recorrido—. Si mi hermano debe creer que ambos han muerto... conviene que vea su sangre.

El joven obedeció. Subió en silencio a la planta noble, donde había un cierto aroma de cera. Las telas de las paredes parecían enmohecidas por haber pasado mucho tiempo sin renovarse el aire, y las alfombras de las salas estaban impregnadas del olor de la comida que allí se había consumido.

El fino olfato del doctor reconoció muchas y diferentes especies, pero también tinturas alcohólicas, estofados, repollos hervidos. Nada agradable.

Era un aire que rezumaba enfermedad.

Mientras recorrían a paso ligero aquellos lugares que el doctor solo había imaginado, el joven conjurado mantenía la mirada baja, en un intento de pasar desapercibido. En realidad, la guardia del rey ni siquiera notó su presencia: el hermano del rey habría podido ir acompañado del almirante Nelson en persona sin que nadie se percatara de su paso.

Al entrar en los aposentos reales, fueron recibidos por un gruñido sordo que les aconsejó mantenerse junto a la puerta.

—Ah, hermano. Eres tú. Ven, ven. No te esperaba... —murmuró el rey Jorge, escondido tras el baldaquín de su gran lecho—. ¡Roy! ¡Markus! ¡Sentaos!

La pareja de enormes lebreles de pelo rojizo se tumbó en la alfombra, cerrando sus grandes ojos amarillos. Volvieron a roer lentamente unos largos huesos de ciervo.

El rey salió a su encuentro. Llevaba una larga bata abierta y sostenía un cáliz de plata parecido a un tulipán.

—¿A qué debo esta inesperada visita? —preguntó.

Tenía el rostro pálido como el de una estatua.

Se acercó al escritorio sin esperar una respuesta y apartó la pesada silla de madera para dejar espacio al hermano.

—¡Ven a ver esta nueva maravilla! —exclamó—. Mira qué esplendor: es un prototipo llamado Tourbillon que nos acaba de enviar nuestro amigo relojero...

El rey apoyó sobre el escritorio el cáliz de plata y en su lugar cogió un cronógrafo mecánico de elegante caja de oro.

—Siéntate junto a mí, queridísimo mío, y observa las maravillas del tiempo. Solo tengo que encontrar la llave para darle cuerda... y te asombrarás de la precisión de sus engranajes... —el rey empezó a apartar los diferentes folios y pergaminos que ocupaban el escritorio— esa llave... ¿dónde la habré puesto? Mira, hermano, me dicen que es el fruto de una concepción revolucionaria, basada en la fuerza misma de la gravedad...

—Majestad... —le interrumpió en ese punto el príncipe Guillermo.

El rey Jorge levantó la mirada sorprendido, y solo entonces pareció percatarse de la presencia del doctor.

Y de su bata.

—¿Y este? —preguntó, apoyando de nuevo el reloj en el escritorio—. ¿Quién es? ¿Qué habéis venido a hacer aquí?

—Dadle la noticia, doctor... —lo exhortó Guillermo.

Al final, la trampa había saltado. El príncipe Guillermo se las había ingeniado para que fuera el médico quien tuviera que mentir frente a su señor.

El doctor sintió que el nudo de una cuerda se estrechaba alrededor de su garganta.

—Majestad... —empezó. Y aunque estaba acostumbrado a mentir, la falacia que estaba a punto de pronunciar no tenía nada que ver con las mentiras normales de los jóvenes, ni con las propias de su profesión—. Me temo que debo daros una mala noticia...

Mientras hablaba, el joven doctor pensó que en la vida de cada uno de nosotros hay confines invisibles, superados los cuales, ya no es posible volver atrás. Volvió a pensar en la habitación oscura, en los conjurados, en cómo se le había pedido formar parte de todo aquello. En lo que le habían prometido, por no traicionar su confianza. Y todo para llegar a aquel momento.

—Hace pocas horas, Majestad... la señorita May ha fallecido al dar a luz a su hijo.

Mentir al propio rey.

Hecho: el límite se había traspasado y, una vez al otro lado, todo aquello en lo que había creído hasta aquel día dejaba de tener importancia.

Vio cómo el rostro del rey se petrificaba, cómo su mano chocaba con el cáliz de plata y se vertía un río ámbar sobre el escritorio, mojando el cronógrafo y los documentos que estaban a su alrededor.

Luego, le oyó maldecir y sollozar desesperado.

—¿Y el niño? —preguntó el rey—. ¿Qué ha sido del niño?

—Era un varón, señor —respondió su hermano—. Pero tampoco él ha sobrevivido.

—¿No ha sobrevivido? —rugió el rey Jorge—. ¿Qué significa que no ha sobrevivido? ¿Qué le has hecho?

El joven médico dio un paso atrás. Los dos perros levantaron el hocico y enseñaron los largos dientes de marfil dirigiéndolos hacia su bata ensangrentada.

—Lo siento... —balbuceó—. No ha sido culpa mía...

—¿Lo sientes? ¿Y qué sabes tú lo que es sentirlo? Tú...

Vosotros... lo sentís, mientras que para mí significa una sola cosa: ¡que estoy maldito! ¡Que mi sangre está maldita!

Agarró el cronógrafo y lo lanzó contra la pared como un proyectil. El joven doctor lo oyó silbar al pasar junto a él casi rozándole y logró esquivarlo justo a tiempo.

—¡Ahora, marchaos! ¡Hermano, fuera de esta habitación! ¡¡¡Fuera!!! ¡Y lleváoslo todo! ¡Desapareced! —gritó el rey de Inglaterra, antes de caer hundido en su colosal silla.

El hermano del rey y el joven doctor ejecutaron sin pestañear aquello que se les pedía.

Cerraron la puerta a sus espaldas y volvieron a recorrer los pasillos desiertos sin hablar, acompañados solo por el taconeo de sus botas.

—Bien hecho —comentó simplemente el príncipe Guillermo.

El joven médico no replicó.

A través de las grandes ventanas vio un carruaje negro que se alejaba a toda velocidad del patio del Cuadrángulo.

—¿Qué será de la mujer —preguntó en una voz tan baja que no estaba seguro de haber hablado—, y qué será de mí?

El hermano del rey le tendió un pañuelo que envolvía algo pesado. Algo que había manchado la tela de rojo.

—Es hora de que todos nosotros nos olvidemos de su existencia —añadió el príncipe, mientras el joven doctor abría el envoltorio que contenía su primera recompensa.

Era el cronógrafo de oro arrojado por el rey en medio de la habitación.

Millares de minúsculos mecanismos llamados Tourbillon, una palabra francesa que significa «vórtice», que parecían insectos de oro.

El doctor fijó en él su mirada, vagamente fascinado.

Los mecanismos no se movían. El complot, sin embargo, había empezado a mover sus propios engranajes.

El carruaje negro se alejaba rápidamente del castillo de Windsor.

El rey le creía culpable de la muerte de su primogénito.

Y aquel reloj de oro, envuelto en un pañuelo enrojecido por el vino, evocaba cruelmente el paso del tiempo.

Debo escapar de aquí antes de que sea demasiado tarde, se dijo el joven doctor.

Pero, al observar la dura mirada del príncipe Guillermo, no estuvo del todo seguro de poder lograrlo.

3

Tendida sobre los rígidos asientos del carruaje negro, May apretaba los dientes.

Apretaba los dientes y rezaba para que todo saliera bien, aunque nunca había sido muy buena rezando y aunque prácticamente nada le había salido bien en su vida. La suya era una historia muy fácil de contar: una larga secuencia de pobreza y miedo de la que ni siquiera su hermosa carita, hasta aquel momento, la había salvado.

May había sido una chica de belleza deslumbrante. Como las hadas de los cuentos, su sonrisa esparcía polvo de estrellas a su alrededor e iluminaba incluso los bosques más profundos.

Pero no aquella noche.

Estaba todo oscuro.

Como si hubieran apagado el cielo.

Con un poco más de luz habría comprendido mejor qué era lo que estaba ocurriendo. El carruaje corría a lo largo de un camino lleno de agujeros. Junto a ella, la nodriza estrechaba en el regazo a su niño, que dormía como si no ocurriera nada. May apenas lograba distinguir la cara del pequeño. Habría querido cogerle entre sus brazos, pero no tenía fuerza: sentía el cuerpo vacío y dolorido. Le costaba trabajo mantener los ojos abiertos.

Pero, apenas los cerraba, las sacudidas del carruaje hacían que los abriese de par en par.

—Lo siento mucho, señora... –decía entonces la nodriza y le pasaba un paño mojado por la frente.

Su niño dormía tranquilo. Le habían lavado y arreglado como a un verdadero príncipe, antes de hacerles subir al coche.

¿Adónde iban, en plena noche?

May se encontraba demasiado trastornada para hacer conjeturas.

Y mientras la noche volaba, los caballos iban resollando por el camino y llenaban de espuma el bocado.

May no había recibido ninguna explicación. No sabía adónde se dirigían, ni por qué junto a ellas iba sentada una tercera persona. Un hombre que desde el principio del viaje no había dicho una sola palabra.

Un hombre malvado, que olía a muerte.

¿Adónde las llevaba?

May respiraba despacio, tratando de recuperar las fuerzas.

De repente, el carruaje se detuvo.

El cochero tiró bruscamente de las riendas y los caballos hicieron un quiebro y cocearon nerviosos. El hombre sentado junto a ellos se irguió en el asiento como si le hubieran dado un latigazo. Miró afuera, en la noche, y murmuró la primera palabra que May le oía pronunciar.

—No está aquí —dijo.

«¿No está aquí, el qué?» se preguntó May. «¿No está aquí, quién?»

Su niño se agitó en los brazos de la nodriza.

El hombre que olía a muerte abrió la portezuela y salió afuera.

May le oyó preguntar:

—¿Qué ocurre?

En la oscuridad de la noche, de repente, se vieron avanzar unas antorchas crepitantes que se colocaron en torno al carruaje. El niño se agitó aún más y May hizo un esfuerzo para mirarlo, pero su cuerpo no le permitió darse la vuelta.

Sus huesos eran espinas dolorosas. Y la cabeza le retumbaba.

—Ay, Dios mío... –murmuró en voz baja la nodriza, mirando hacia afuera.

May, preocupada, le preguntó qué era lo que estaba ocurriendo.

—Hay hombres armados, señora... —susurró la nodriza— que están discutiendo...

Hombres armados, pensó May.

Hombres armados, ¿por ella y por su niño?

—¡Estos no eran los planes! —exclamó el hombre que viajaba con ellas.

—Los planes han cambiado —respondió otro. Alguien que tenía una voz baja y sabia. Alguien que tenía mucho más poder que él.

—¿Cómo puedo estar seguro de que han cambiado?

—En calidad de único rector de Eton —respondió la voz más

autorizada— no estoy acostumbrado a tener que justificar lo que digo. Apartaos y todo irá bien.

«Todo irá bien» pensó May, con cansancio, sentada dentro del carruaje.

«Claro que irá bien».

Buscó a su niño con la mirada y le acarició lentamente. Cerró los ojos y los volvió a abrir cuando el carruaje se puso de nuevo en marcha.

Pero algo había cambiado.

Había un olor diferente en el aire.

Había... alguien diferente.

—Estad tranquila, Madame —dijo el rector de Eton, sentado donde poco antes estaba el hombre que olía a muerte—. Ahora ya nadie os hará daño, ni se lo hará a vuestro hijo.

A May le costaba trabajo comprender. Pero el rector de Eton la había llamado Madame. Nadie la había llamado nunca Madame, antes de aquel momento.

Sonrió. Le dio las gracias. Cerró los ojos y los volvió a abrir. Pues claro, pensó confusamente, entrando y saliendo de sus sueños. ¿Por qué razón alguien querría hacerle daño?

Su hijo era hijo del rey. Y ella... ella era...

Ella era May.

No era nadie.

Era una mujer sin nombre y sin pasado, que había dado a luz a un niño sin nombre y sin futuro.

4

La levantaron como si fuera una pluma.

No sintió ningún dolor al descender del carruaje. Sintió el viento frío y húmedo. Y oyó el rumor del mar y de la espuma lamiendo el acantilado.

May abrió los ojos.

¿Entonces, era allí a donde la habían llevado?

Al mar.

¿Por qué al mar?

Estaba envuelta en un par de cálidas mantas, pero el viento penetraba por la lana como un bribón molesto pellizcándole la piel.

A pocos pasos de ella, donde las olas chocaban contra las rocas, había un gran navío de perfil negro y amenazador, los palos rectos y las velas aún atadas. Se balanceaba perezosamente en el agua.

Y frente al navío había algunos hombres, alineados como soldados. Hombres de la marina colonial, si May los hubiera sabido reconocer.

¿Pero por qué... un navío colonial?

Buscó enseguida a su niño, que seguía dormido en brazos de la nodriza. Notó que la mujer la seguía paso a paso y se tranquilizó. El rector de Eton caminaba delante de ellas.

—Señor... –le preguntó, haciendo que este se diera la vuelta—. ¡Señor!

—Os lo ruego —respondió el hombre—. No os esforcéis. Estáis aún muy débil...

—¿Qué hacemos aquí?

—Os estamos llevando a un lugar seguro.

Un lugar seguro, pensó May. ¿Acaso no estaban seguros en el castillo de Windsor? ¿No era el castillo del rey el lugar más seguro de toda Inglaterra?

—¿Puedo haceros una pregunta? —continuó la joven madre.

—Podéis.

—¿Vos... vos sois por casualidad el hermano del rey?

El rector esbozó una sonrisa, pero no una sonrisa de alguien que tuviera intención de divertirse. Era una sonrisa atrapada y silenciosa, como el agua de un lago.

—No, señora mía. No estoy emparentado con la familia real. Me dedico a la astronomía.

—Ah —respondió May, mientras los brazos que la llevaban en volandas la conducían al navío—. Entonces sabéis leer las estrellas.

—Sí, algo así.

—Entonces, si sabéis leer las estrellas... podéis decirme qué será de mí, y del hijo del...

La mano del rector de Eton se posó delicadamente en el rostro de May.

—No lo diga nunca, Madame —le aconsejó.

—¿Qué es lo que no debo decir?

—No diga nunca ese nombre. No debe decirlo nunca más.

May, estúpidamente, sonrió. En realidad lo sabía, lo había sabido siempre, y de hecho la suya era la misma sonrisa que poco antes había visto en la cara del rector.

El nombre del rey.

No debía decirlo nunca más.

—Es por vuestro bien y por el bien de vuestro hijo —continuó el rector—. Olvidaos de todo. Dentro de poco haréis un largo viaje por mar y, una vez en vuestro destino, todo estará arreglado para que no os falte nada. Viviréis felices y sin grandes problemas. Quizá mejor de lo que hubierais vivido aquí.

—¿Me lo prometéis?

—Os lo prometo. Pero vos, a cambio, tenéis que prometerme que olvidaréis ese nombre.

—¿Qué nombre? —preguntó May, dirigiendo la mirada a la noche que tenía un sabor salobre.

—¿Lo habéis comprendido ya, Madame? Bien: no tenía ninguna duda. Sois una persona que aprende deprisa.

El rector de Eton se apartó y en el lugar que ocupaba su rostro oscuro, May vio brillar dos estrellas en el firmamento.

Quién sabe por qué se llamará así, se preguntó May.

El firmamento.

—Tengo una última pregunta... —dijo, cuando se dio cuenta

de que estaban ya a punto de meterse en la panza de aquel gran navío. Oía crujir el casco y tenía la impresión de que mugía como un enorme buey de madera—, señor que lee las estrellas, una última cosa.

El rector se acercó de nuevo a ella.

—Me temo que debéis partir, Madame. En verdad, hay poco tiempo para poneros a resguardo. Esta noche, todo es secreto.

—No —respondió May, a duras penas—. Hay una cosa que debéis saber. Una cosa que no ha de ser un secreto.

—¿El qué? —susurró el viejo director.

—¿Cuál es vuestro nombre?

El hombre pareció sorprendido, pero contestó.

—James, Madame. Me llamo James.

May consiguió hallar las fuerzas para levantar una mano y acariciar la del rector.

—Sois una buena persona, James.

—Ahora marchad, ¡ánimo! ¡O perderéis vuestro pasaje para Ultramar!

—Nadie me había llamado nunca Madame. Mi niño...

—Vuestro niño viajará con vos, no temáis —se apresuró a añadir el rector. Las olas lanzaban espuma bajo la quilla del barco—. Hemos cargado ya vuestros equipajes, e informado de todo al capitán. Veréis que...

May agitó la cabeza con rabia. Aquel hombre seguía hablando y a ella no le quedaba tiempo para decir lo que quería.

—Mi niño... —jadeó, observando la segunda estrella a la derecha en el firmamento—, se llamará James, señor. Como vos. Se llamará James Fry.

Y habiendo dicho esto, finalmente, se durmió.

Como es normal en estos casos, de la joven May y del hijo que llevaba consigo pronto se perdió la pista. El navío que la condujo a Ultramar pertenecía a la Compañía de las Indias Orientales, y estaba asegurado por la Society of Lloyd's, que justo en aquellos años descubriría las ventajas de poder contar con una nación que empujaba a sus mejores hombres a buscar fortuna en las colonias.

También esta sociedad tendrá ocasión de volver a nuestra historia, a causa de un pago muy especial.

May desembarcó en Cochín, en la costa occidental de la India y, desde allí, bajo una densa lluvia, fue llevada al sur, hasta la tranquila ciudad de Trivandrum, de la cual se decía que estaba consagrada a Brahma. Los amigos de Eton que la habían ayudado a huir le pagaron diez años de alquiler de una casa, en buenas relaciones con la madre patria, y el baúl de ropa con que la equiparon la ayudó a montar un pequeño negocio de sastrería. May no se quejó de su nueva vida: la ciudad era caótica, como todas las ciudades de la costa occidental, pero tenía grandes espacios abiertos, avenidas sombreadas con palmeras y parques exuberantes donde perderse para pensar. Una larguísima playa de arena y conchas desmenuzadas se extendía más allá de las colinas, transformándose por el norte en pantanos donde hibernaban los flamencos y por el sur en escarpados acantilados.

En contra de todas las previsiones, su hijo no enfermó durante el viaje por mar, ni contrajo ninguna de las numerosas enfermedades que infestaban las colonias. Sin embargo, estuvo siempre afligido por una extraña melancolía y por un desmedido amor por el océano, quizá porque fue allí donde transcurrieron los primeros meses de su vida.

Cuando James cumplió un año, su padre, el rey, murió, dejando la sucesión, como ya se sabía, a su hermano. Fue él, el Rey Marinero, el que le dio el último adiós.

Se dice que, sin embargo, por crueldad o insensatez, justo en los últimos instantes de su vida le susurró al oído la existencia de James. Jorge abrió los ojos de par en par en un último intento de rebelión y lanzó un aullido salvaje. Un grito casi inhumano, dicen, hizo eco por los pasillos del castillo de Windsor y estremeció a todos aquellos que tuvieron la desgracia de oírlo.

Y la desgracia marcó también el reinado del hermano.

Siete años después tampoco el nuevo rey había tenido herederos y, de nuevo, todos se preguntaban quién le sucedería. La gente decía que era necesario un rey joven, con salud, capaz de cargar sobre sus espaldas el peso del imperio.

En Trivandrum, al otro lado del mundo, James había cumplido ocho años y acababa de aprender a trepar por los troncos arqueados de las palmeras de coco.

1

El amanecer era un momento de gran tristeza.

Un clamor de voces se elevaba poco a poco, como un eterno lamento.

Miles de cuerpos dormidos por la calle se despertaban y se preparaban para afrontar el día.

Y el clamor aumentaba.

Los pájaros eran los primeros en saludar la llegada del sol: un piar ensordecedor y variopinto seguido por las risas burlonas de los papagayos y al final el graznido de los cuervos, defraudados por la eterna derrota de la noche.

En la India, el sol llegaba antes que a cualquier otro lugar del mundo.

Y se iba antes.

La mejor hora para los encuentros eran las siete de la mañana, cuando el calor sofocante no se había apoderado aún de la ciudad. El viento levantaba por doquier un polvo rojo que lo cubría todo.

James salió de casa sin despedirse de nadie, y empezó a correr.

Llevaba bajo el brazo una chaqueta plegada con esmero.

Corría descalzo, esquivando todo lo que pudiera rozarle: los charcos fangosos, los vendedores ambulantes y los carritos tirados por los cebúes.

El joven extranjero atravesó a la carrera todo el mercado. Se introdujo en aquel infinito ir y venir de hombres de largas cabelleras negras, vendedores y compradores de cobre, telas estampadas, ídolos, imágenes sagradas, cestas de grano, dulces, raíces y canastas de fruta. Alargó una mano para coger un plátano, pero el grito del vendedor, acompañado de un rápido golpe de fusta, le hizo cambiar de idea.

—¡James! ¡Puah! —le gritó el hombre que vigilaba el puesto, de ojos ardientes y pelo muy negro, que evidentemente le conocía. Luego rio, escupió al suelo y exclamó, burlón— ¡Como te coja, mocoso! ¡Ay como te coja!

Pero el mocoso no se dejó atrapar: desapareció entre la multitud colorida de los tejedores de cuerdas, subiendo por las tiendas de braseros y lámparas monumentales, a la sombra de los palacios decorados con estatuas de divinidades monstruosas de multitud de brazos.

James empezó a ascender por una pequeña calle llena de barro, flanqueada por casas de madera, barracas destinadas a permanecer en pie durante no más de dos estaciones de lluvias. Mientras corría, miraba de reojo al interior, porque sabía que allí vivían las vendedoras de cabellos, mujeres bellísimas que se cortaban la melena una vez al año con largas tijeras de hueso. Hacían largas madejas con el pelo negro y brillante, que luego se usaban para confeccionar pelucas o relleno de cojines.

¡Qué idea tan extravagante! Pensaba siempre James. ¡Apoyar el propio pelo sobre el de los demás!

«Quizá los sueños de los otros ayuden a soñar...», dijo un día bromeando su madre, que era sastra. Había dejado la aguja y el hilo y le había despeinado con dulzura. O, por lo menos, lo había intentado, puesto que James la había evitado. Detestaba que le tocaran. No había pensado nunca, antes de ese momento, que los sueños se escondieran en el pelo. Pero era una imagen fascinante, que no olvidaría jamás.

«Y tú, ¿ves cuántos tienes? ¡Tienes la cabeza llena de sueños! ¡Una moneda por un sueño, James! Y seríamos todos ricos.»

Era verdad: James tenía miles de sueños. Cada vez que dejaba correr en libertad sus pensamientos, imaginaba un barco con la quilla cubierta de ostras blancas; o bien un pez dorado que contaba historias en rima; tambores y cascabeles; una pirámide sepultada por árboles centenarios. Soñaba con ciudades en ruinas pobladas por sabios elefantes y palacios de ámbar, en cuyas paredes se movían aún los insectos atrapados. Ídolos de marfil y de jade, colocados en la cima de acantilados perdidos.

Cuando se paraba a pensar, aquel muchacho soñaba con espadas que danzaban bajo las estrellas, gigantescas hogueras en playas de conchas de color rosa, cofres llenos de madréporas y príncipes terribles, vestidos con hojas de plata.

Sueños. Fantasías. Leyendas. Cuentos. Era de esto de lo que estaban hechos sus días. Además de pequeñas entregas y pequeñas propinas que le obligaban a atravesar a toda prisa el fragor de la ciudad, tratando de ignorar los ruidos, los gritos, los olores, sin rozar a nadie, para vencer su personal carrera contra sí mismo.

Alcanzó los altos muros del templo de Shiva. Un lugar que le estaba prohibido, porque no era ni un brahmán, ni un indio de otra casta superior. Era un mocoso extranjero, con los ojos demasiado azules para poder colarse allí dentro y pasar desapercibido. Destacaba como una cúpula de oro en medio de una extensión de casuchas de madera.

El templo estaba formado por una gigantesca pirámide central con muros ciclópeos alrededor, sobre los que reposaba una legión de estatuas y monstruos esculpidos. Casi todas las estatuas estaban adornadas con collares y diademas que los fieles llevaban cada día, y con guirnaldas de flores frescas. Desprendían un perfume dulce y penetrante, que parecía impregnar la piedra misma. James dejó a sus espaldas los misterios del templo de Shiva y entró por otra sinuosa calleja, que pasaba por encima de un sucio arroyo. Llegó hasta una gran estatua negra, grasienta y gastada por el sudor de todas las manos que la tocaban cada día, y subió por la parte opuesta hasta el portón de la villa del señor Humble.

Solo entonces se detuvo.

Comprobó que la chaqueta que tenía que entregar estuviera aún bien doblada sobre su brazo.

Suspiró largamente.

Y entró.

Los largos flecos de las palmeras de coco ondeaban con suavidad por el polvo rojo. La casa de los Humble destacaba sobre las otras por su diversidad: tenía el techo y las ventanas de estilo europeo, pequeñas columnas de madera blanca frente al patio, mesas de hierro forjado para tomar el té. Todas las entradas estaban protegidas con mosquiteras. El césped estaba perfectamente segado.

A James le producía una sensación extraña: había un silencio palpable, casi reverencial. Como si toda la ciudad caótica, al otro lado del portón, tuviera miedo de molestar.

James recorrió lentamente el sendero de entrada, dio un largo rodeo entre los árboles tropicales y se dirigió a la parte trasera de la villa.

Se asomó a las cocinas.

Una ligera brisa procedente del interior movía con suavidad las cortinas de lino que mantenían alejadas a las moscas.

—¿Señora Charu? —preguntó James, desde el umbral.

La señora Charu era la sirvienta del señor Humble. No era una auténtica señora, pero a James le habían educado para llamarla así.

—¡James, muchacho! —exclamó su voz aguda, desde las habitaciones oscuras de la casa colonial.

—Le he traído la chaqueta nueva —dijo él, pasando a través de las cortinas. Olisqueó el aire buscando el aroma de mantequilla fundida y de azúcar, de café y de canela, que normalmente flotaban en las cocinas.

Su estómago borboteó.

—Pasa. ¡Qué bien! ¡La chaqueta nueva del señor! El martes por la mañana, puntual, ¡como dijo tu madre! ¡Muy bien! ¡Ay qué bien, de verdad!

Una silueta enorme, envuelta en un sari de color rojo fuego, ondeó en la sombra. La sonrisa de la señora Charu era tan blanca como la leche recién ordeñada. Sus ojos ardían con una nota vibrante. Y se movía a gran velocidad, a pesar de ser como una mole maciza.

—¡En verdad que eres un buen chico, James! —le dijo cogiendo la chaqueta de su brazo. El papel de seda que la protegía vibró como el ala de una mariposa gigantesca—. ¡El señor Humble se alegrará muchísimo de tenerla! Es la del espigado amarillo, ¡pues claro! ¡Qué elegancia! ¿Te apetece comer algo?

—Me temo que no tengo tiempo, señora Charu... —se detuvo luego, aturdido por el aroma de crema y vainilla, con la esperanza de que la sirvienta insistiera un poco más.

—¡Vamos muchacho! Solo un bocado... ¡Debes de haber corrido por toda la ciudad para llegar hasta aquí! ¡Y mira lo delgado que estás! Más delgado que un faquir. ¡Como un clavo, estás! ¡No creo que tu madre se queje si vuelves a la tienda con la barriga llena!

James sonrió.

—Si insiste, señora Charu... Pero solo un pequeño bocado, solo un... mordisco —susurró el niño.

—Eres un buen chico, realmente un buen chico... Ven. Siéntate aquí, venga... —Y desapareció con la misma rapidez con la que había aparecido—. ¡Déjame solo que cuelgue esta chaqueta y vuelvo enseguida! ¡Tu madre es muy afortunada al poder contar contigo, y tener una familia tan bonita!

El corazón de James dio un pequeño vuelco, como si algo se hubiera estrechado a su alrededor. Oyó graznar a un cuervo, y lo vio salir volando desde uno de los grandes árboles del jardín. Cogió una silla y se acomodó en la gran mesa, los codos sobre la madera pulida, esperando.

La señora Charu regresó enseguida, sin sospechar nada.

—Entonces, ¿qué quieres James? —preguntó levantando un paño húmedo de la fuente de los pasteles.

«Quiero hacer como ese cuervo, y volar lejos de aquí», pensó James. «Quiero subir bien alto, o irme lejos, a un lugar donde no se oiga el lamento de todas estas personas».

—Un bollo caliente —respondió, sonriendo—. Con crema, si hay.

2

Las grandes avenidas eran templos de sombra. Cuando el sol ardía sobre la ciudad, las arcadas de los árboles eran el único refugio posible. Entre las altas palmeras de coco se abrían estrechas galerías verdes, diseminadas de casuchas de cañas, pequeños templos de granito, cobertizos de paja. Solo entonces se detenía la ciudad, exhausta y sudorosa, dejándose barrer por el viento y por el polvo rojo. La gente descansaba sentada por el suelo, junto a los animales.

A James le gustaban las horas más tórridas, porque podía ir de aquí para allá sin que nadie le molestara.

Cuando salió de la villa de los Humble, se encaminó hacia las fábricas de terracota construidas por orden del Marajá y se dirigió al parque zoológico. Era otro lugar prácticamente desierto, ignorado por la gente del lugar, con grandes áreas valladas para las gacelas, estanques para los cocodrilos y alfombras de hierba con flores de incomparable belleza. Se detuvo frente a la jaula de bambú en la que decían que vivía un tigre y se quedó allí esperando verle. Pero, igual que en otras ocasiones, el animal permaneció escondido entre la vegetación y James pensó que quizá allí dentro nunca había habido un tigre. Los senderos del parque estaban cubiertos de arena fina y, de vez en cuando, había unos quioscos donde por la noche se daban pequeños conciertos.

James subió a la parte más alta, pasados los recintos de los monos y el pabellón de los papagayos.

Una vez arriba, se dejó conquistar por la riqueza de aquello que veía: a un lado del parque se levantaba el palacio del Marajá, al otro se sucedían las colinas de la ciudad, con las casas encaladas blanqueadas por el mediodía. Y más allá, abrazándolo todo, la lengua azul ardiente del océano.

La mirada de James brilló. Le encantaba subir allí arriba para ver el mar.

El mar de Malabar era una extensión azul y desolada, un mar hostil y salvaje, una cinta de mareas insuperables.

Y, sin embargo, de vez en cuando, algunas velas atravesaban también aquella extensión infinita. Los barcos atracaban en el pequeño puerto de la ciudad, descargaban mercancías procedentes de Europa o del mar Arábigo y cargaban algodón, cobre, terracotas y aceite de palmera. A veces llevaban un pasajero, una familia de colonos, o a aquellos que sustituirían a los funcionarios de la compañía. Otras veces, de forma mucho más ocasional, bajaba del barco un noble exiliado. O un viajero romántico.

Quien no llegaba en barco, lo hacía en tren. Pero no era lo mismo, pensaba James: el mar le hacía soñar, mientras que el tren le asustaba, aunque no hubiera visto nunca de cerca ni un barco ni una locomotora.

Aquel día concentró la mirada protegiéndose con la palma de la mano, y vio justamente un barco que navegaba con los triángulos blancos de las velas abiertos sobre las olas.

El corazón le dio un vuelco. Quién sabe si se dirigiría al puerto, pensó. ¡Y quién sabe lo que descargaría!

Un leve ruido, un tintineo a sus espaldas, le distrajo de sus ensoñaciones.

Vio una pequeña figura que se acercaba, y en un instante, James saltó por encima del balaustre de la terraza y se escondió entre las hojas de un platanero.

Se quedó allí, acurrucado, espiando al recién llegado.

El tintineo que había oído procedía de las tobilleras de plata de una niña. Caminaba acompañada de su maestro, un hombre de larga barba blanca, vestido de gris claro, con un gran turbante rojo enrollado sobre la frente.

Los dos se dirigían precisamente a la terraza desde la que James estaba mirando el océano.

En vez de marcharse a hurtadillas, el chico se escondió aún más entre las hojas. La niña tenía el pelo negro azabache, peinado en lisas bandas, que dejaban un largo flequillo sobre la frente, los brazos desnudos adornados con brazaletes de oro y un chaleco de terciopelo y seda amarilla.

Tenía un rostro pequeño y perfecto, y llevaba en las orejas unos largos pendientes de brillantes.

Se detuvo a menos de tres pasos de James y señaló hacia el lejano mar.

—¿Podría ser ese el barco, maestro? —preguntó.

James se quedó estupefacto con aquella pregunta: la princesita había hablado en inglés, un inglés titubeante, pero que en su boca tenía el sabor misterioso de una lengua exótica.

James hablaba en inglés con su madre cuando no querían que los demás les entendieran. Ocho años antes, cuando llegaron a Trivandrum, los *sahib*, los europeos, no eran tan numerosos como en los últimos tiempos, y podían usar el inglés como una especie de lengua secreta.

El maestro no respondió. Se acercó a la princesita, sacó un catalejo de latón del fajín que le ceñía la cintura, lo desplegó y miró por él.

—Es un tres palos que porta bandera inglesa, mi joven Shileily… —comentó. El nombre de la princesita resaltó como un tesoro en medio de la arena. Shileily, pensó James. Qué nombre tan encantador—. Pero a esta distancia no logro distinguir nada más.

Tampoco James conseguía distinguir nada: apartó una larga hoja verde y logró así ver el pie largo y delgado de la princesita, envuelto en una sandalia tan frágil que parecía tejida por una araña.

—¡Quizá ese barco venga y me lleve lejos! —murmuró Shileily.

—Princesa, esas cosas no se dicen…

Pero ella resopló.

—¡Pues yo te digo que un día vendrá un barco y me llevará

lejos! ¡Lo capitaneará el Rey de los Simios en persona, o un califa, o un príncipe árabe!

El maestro sonrió ante el suspiro de la princesita.

—Tenéis razón —respondió con calma—. Estoy seguro de que así será.

—Pues claro que será así —replicó la niña, enfurruñada—. ¡Antes o después me haré a la mar con mi esposo!

Bien dicho, pensó James, sonriendo.

El maestro siguió escrutando el mar con el catalejo.

—¿Qué os parece si ahora volvemos a nuestras tareas? —preguntó en voz baja.

—¡Oh, no! —resopló de nuevo ella—. ¿Más álgebra y matemáticas?

—Es gracias al cero que hemos conquistado el mundo, princesita...

—¡Ahora no! ¡Mirad! Hay un barco que se acerca, ¿y vos queréis hablarme de números? ¡Sois cruel!

Divertido como nunca con aquella conversación, James aventuró un paso, pero al hacerlo partió una rama. Se quedó quieto, aunque supo que era demasiado tarde.

—¿Qué ha sido eso? —preguntó el maestro.

Con un movimiento agilísimo, la princesita se agachó entre las pequeñas columnas de la terraza y se encontró cara a cara con James.

Los dos niños se miraron un instante, intrigados, sin decir nada.

Los ojos de la princesita eran realmente enormes, pensó James. Y su cara era tan bonita que no pudo evitar sonreírle.

—Te puedo raptar yo, si quieres… —le susurró, en inglés.

Con gran sorpresa para él, la princesita le devolvió la sonrisa.

Luego volvió a ponerse de pie con un tintineo de brazaletes.

—¡Es solo un animal! —dijo al maestro—. Seguramente uno de esos monos blancos que se ven ya por todas partes.

James se puso colorado hasta la raíz del pelo.

—Ya, esos… —murmuró el hombre—. Parece imposible mantenerlos alejados.

—¡Es verdad! —exclamó ella— ¿No tendrán un sitio donde puedan estar tranquilos sin molestar a nadie?

—Que yo sepa, princesa, no… —respondió el hombre, colocándose el catalejo dentro del fajín de seda.

3

En efecto, James no tenía un lugar donde estar tranquilo. No estaba tranquilo en Trivandrum, no estaba tranquilo en la escuela europea las pocas veces que había ido y tampoco estaba tranquilo en su casa.

Más tarde se dirigió hacia su casa después de que la princesita y el maestro se hubieron alejado de la terraza, y al llegar se detuvo justo bajo el cartel.

Un cartel escrito en el idioma local que decía:

PREMIADA SASTRERÍA EUROPEA
TRAJES A LA MODA Y A MEDIDA

Y justo debajo:

Se realizan todo tipo de remiendos, costuras y arreglos.

En realidad, la sastrería no había sido premiada nunca. Su madre se limitó a colgar en las paredes blanqueadas una serie de condecoraciones y diplomas, dispuestos con gusto, que servían para dar al negocio un cierto aire oficial, pero nada más. En realidad, era una pequeña tienda más bien modesta, pero limpia y digna. Había muchas telas entre las que elegir para confeccionar los trajes, dos maniquíes, un gran espejo y, sobre todo, había una máquina de coser automática Thimonnier de 1883.

Cómo había logrado conseguirla su madre, James no lo sabía. Pero todavía hoy, después de muchos años de funcionamiento, algunas personas del barrio pedían el favor de sentarse en la tienda para verla en marcha.

La aguja y el hilo de la Thimonnier corrían a toda velocidad sobre las telas, cosiéndolas entre sí para gran estupor de los presentes. Y entre tanto May y sus ayudantes cosían, zurcían, remendaban, y charlaban durante buena parte del día.

Vivían detrás de la sastrería, en una casa de ladrillos de dos plantas que se asomaba a un pequeño patio donde su madre tendía la ropa.

Eran tres: May, James y el dueño de la casa, que tenía sus habitaciones al otro lado del patio. Se llamaba señor Lalchand, y era un hombre imponente, de piel muy oscura y ojos hundidos. Era un vaisia, un agricultor con una especial vocación por las esculturas de cartón piedra, por lo que alternaba las tareas del huerto con las de los talleres, donde preparaba los pasos de las procesiones.

Era perezoso e indolente, pero con una insólita vena cómica que hacía reír a May y a James le enfurecía.

«¿Cómo es que no le pagamos nunca el alquiler al señor Lalchand, mamá?», preguntó James un día, molesto por cómo aquel hombre rondaba siempre por la sastrería. «Me llama siempre Jammy… y no quiero que me llame Jammy».

«Es una buena persona», contestó ella.

Y fue todo lo que le contó.

—¿James, eres tú?

James asomó la cabeza por la sastrería. Su madre estaba sentada tras la Thimonnier, con una larga sábana blanca desplegada sobre las rodillas.

—¿Cómo está mi niño? ¿Va todo bien? ¿Cómo es que has tardado tanto?

James le habló de los pastelitos de la señora Charu y de cómo había pasado las primeras horas de la tarde en el parque zoológico.

—¿Y has visto algo interesante?

—No —mintió James evasivo.

—¿Y no has tenido calor?

—Un poco.

Su madre no replicó.

El sol que durante el día liberaba su calor sofocante para alcanzar el punto más alto en el cielo, luego, de repente, caía rapidísimo, en un largo atardecer y en una noche aún más larga.

James paseó la mirada por los trajes colgados en los maniquíes.

Estaba contento y a la vez intrigado.

—¿Le has arreglado alguna vez un traje al Marajá? —preguntó, repentinamente.

May se echó a reír.

—¿Al Marajá? ¡No, Señor! ¿Por qué tendría que venir el Marajá a que yo le hiciera un traje?

James lo pensó unos instantes.

—No creo que él tenga una máquina como la tuya.

—¡Pero tendrá mil sastres en su palacio!

—¿Y cuántos hijos crees que tiene?

May puso las manos sobre la sábana y la colocó debajo de la aguja.

—¿Desde cuándo te interesa saber de los hijos del Marajá?

—No me interesan los hijos del Marajá —respondió James sonriendo, antes de salir de la tienda.

Era verdad.

En todo caso, le interesaba la hija.

1842

En 1837 subió al trono una joven e inexperta reina: se llamaba Victoria y acababa de cumplir dieciocho años.

Su primer gesto como reina fue pedir a su madre, educadamente, pero con firmeza, que no volviera a ocuparse ni de ella ni de los asuntos de la Corona.

El primer ministro, el señor Robert Peel, que había formado parte del grupo de conspiradores diez años antes, dimitió. Parecía que la nueva reina tenía verdaderamente la intención de cambiar todas las cosas.

El joven doctor y el rector de Eton brindaron en secreto por los nuevos cambios. Sentían que, después de años de intrigas y oscuras maquinaciones, estaba comenzando una nueva era. Pero era necesario mantenerse alerta, y no infravalorar a los conspiradores que se movían todavía por los pasillos de los palacios reales y que, se decía, querían asesinar a la reina. Para impedirlo, los dos antiguos cómplices habían comenzado a citarse en el Dog and Duck, un pub situado en la zona comercial de la ciudad. Se sentían fascinados por la nueva reina, tenían todavía amistades influyentes, y, sobre todo, no estaban casados, razón de más para poder disponer libremente de su tiempo libre. Durante estos encuentros hablaban de la situación política, de los acontecimientos más importantes y, a veces, recordaban la noche en que se conocieron, cuando hicieron embarcar a la joven May y al hijo del rey.

—¿Doctor, habéis leído lo de ese muchacho? —preguntó el rector durante uno de sus encuentros.

—¿Qué muchacho?

—Un niño francés de once años, que se ha escapado de casa para embarcarse hacia las Indias. Se llama Jules Verne, y su padre le atrapó poco antes de que lograra zarpar.

El doctor se rio, pero recordó aquella anécdota treinta años después, cuando descubrió que aquel niño francés se había convertido en un escritor de éxito. Y que el hijo del rey Jorge, que él mismo había ayudado a nacer en el castillo de Windsor, acababa de desembarcar en Londres.

Pero no nos anticipemos.

Mientras el doctor y el rector de Eton se veían en secreto en el bar de Londres, James se citaba a escondidas con la hija del Marajá, la princesita Shileily. Se habían hecho buenos amigos y se veían cada semana en un claro del bosque secreto del parque zoológico, donde ningún maestro, padre o pesado cualquiera les podía ver.

May Fry, entretanto, había terminado su décimo año de alquiler. Y, dado que tenía que tomar una importante decisión, convocó a James antes de la cena.

Sin muchos rodeos, le anunció que había decidido casarse con el señor Lalchand.

—¿Casarte, en qué sentido? —preguntó James.

Su madre no supo responderle a esto. Necesitaba solo una casa que fuera suya y un hombre que la protegiera. No quería hacer ninguna ceremonia, y no quería sacerdotes.

James se opuso, pero su madre volvió a la carga en las semanas siguientes. Fue tan testaruda que James tuvo que rendirse.

Su madre se hizo pintar las manos con jena, como se hacía en las bodas, y esto fue todo.

James cumplió trece años y pidió permiso para embarcarse en un navío.

May se opuso, pero James volvió a la carga en las semanas siguientes.

Y se pelearon.

1

El templo de Shiva estaba formado por habitaciones cada vez más oscuras y profundas.

James caminaba a paso ligero detrás del señor Lalchand.

—¿Pero por qué no? —preguntaba, a cada paso que daban—. ¿Qué tiene de malo que quiera hacerme a la mar?

—Pregúntaselo a tu madre, Jammy.

¡No me llames Jammy! Habría querido gritar James al señor Lalchand, pero se quedó callado.

Y continuó siguiéndole.

No le gustaba el señor Lalchand, y no le gustaba ver a su madre en su compañía. Tenía que admitir, sin embargo, que era un hombre tranquilo, con una filosofía personal que daba seguridad y que, con él, su madre se reía a menudo.

—Quizá, si tú se lo pidieras... —insistió— me dejaría ir.

El señor Lalchand se detuvo. En torno a ellos, en la oscuridad del templo de Shiva, crepitaban las lejanas antorchas encendidas.

—Y qué quieres que le pida, Jammy... ¿Que deje que su único hijo se vaya lejos?

—¡No me iré para siempre! —protestó James— ¡Solo quiero embarcarme en un navío! ¡No quiero... crecer y morir en la sastrería!

El señor Lalchand suspiró, y en aquel suspiro había acumulados siglos y siglos de costumbre de crecer y morir en el lugar en el que se había nacido.

—De verdad que no os entiendo… —murmuró reanudando la marcha.

—¿Qué es lo que no entiendes?

En torno a ellos volvieron a desfilar las habitaciones esculpidas que se perdían en la noche. En una, James vio a unos niños brahmanes estudiando libros sagrados, guiados por un anciano de pelo blanco. En otra, las extraordinarias decoraciones de los cortejos: figuras, carros, caballos, elefantes mucho más grandes de lo normal, hechos en cartón piedra, papeles de colores y telares de bambú.

En los talleres del templo habían conseguido anidar algunas familias de golondrinas y gorriones entre aquellas estructuras fantásticas, y James oía los batidos de sus alas, los trinos y los gorjeos.

El señor Lalchand se detuvo por segunda vez junto a las figuras de cartón piedra que él mismo ayudaba a construir.

—No entiendo por qué no os conformáis nunca con aquello que sois —respondió con sequedad.

—¿Y tú, entonces? —saltó James— ¿Qué es lo que vienes a hacer aquí, al templo, cada noche?

—¡Ayudo a los sacerdotes a construir los carros! —respondió el señor Lalchand, sencillamente.

—¿Y por qué no estás cultivando tu huerta? ¿No eres un campesino?

—Estamos hablando de los carros de Shiva. ¡Todos debemos honrar a Shiva!

James miró el rostro sereno del señor Lalchand, sus profundos ojos líquidos, y luego recorrió con la mirada las enormes figuras de papel pintado que se erguían entre ellos.

A lo lejos, vio un sacerdote que llevaba un taparrabos de lino blanco y tenía el busto pintado de ceniza.

Negó con la cabeza, desconsolado.

No era allí donde quería estar.

Aquel no era su mundo. Y Shiva no era su dios.

¿Por qué nadie le escuchaba?

—Ahora ven conmigo, Jammy… —le aconsejó el señor Lalchand, mientras hacía un gesto de despedida al sacerdote—. Y ayúdame con la barca de Shiva, sé bueno.

Una barca falsa, de cartón piedra. El único barco al que le dejaban subir.

—Vete al diablo —le respondió James, dándose la vuelta de repente para escapar—. Tú no eres mi padre.

Volvió corriendo a la sastrería, furioso. Y solo cuando estuvo dentro, descubrió que se había calmado un poco.

—James, ¿eres tú? ¿Dónde está Lalchand?

James no quiso iniciar una discusión, y respondió, de forma vaga, que se había quedado en el templo. Ayudó a su madre a cerrar la sastrería, retiró de la calle la silla de mimbre y luego, juntos, prepararon la cena.

Solo para dos personas.

Pusieron la mesa con platos de terracota esmaltados en azul.

—¿Y qué tal? —le preguntó su madre— ¿Cómo está quedando la barca de Shiva y Parvati?

James apretó los dientes.

—Bien —mintió.

—Será una fiesta magnífica —observó ella.

Cenaron.

—Hoy ha venido la señora Poincaré… —dijo luego, distraída.

—Ah —comentó James—, ¿y qué quería esta vez?

—Nos ha pagado.

—Por fin —sonrió el chico.

Se decía que la señora Poincaré era muy rica, y muy francesa. Había ido a su tienda solo después de descubrir que eran ingleses, y parecía que se divertía dando órdenes: pretendía la máxima precisión en cada detalle, tanto si se trataba de un remiendo en los trajes como de bordar las iniciales en las sábanas de un ajuar o de los vestidos que se hacía confeccionar según los patrones que le llegaban directamente de París.

—¿Qué te parece? — May sacó del corsé un cheque en el que ponía: *6 libras esterlinas*.

Pagar al portador, en las ventanillas de la Society of Lloyd's.

La firma de Madame Poincaré era especialmente elaborada.

—¿Te parece suficiente? —preguntó James, bromeando.

—Para ella son migajas —respondió May—. Pero para nosotros son dos meses de trabajo. ¿Quieres ocuparte tú?

—¿De qué? —preguntó James.

—Tengo muchísimo trabajo, y no puedo perder un día en la ventanilla de los señores Lloyd's.

—Manda a Lalchand.

—Él tampoco podrá, al menos hasta que acaben los carros...

—¿Estás segura de que me pagarán a mí el cheque? —murmuró James.

—No lo sé —respondió ella—, la verdad es que eres tan joven...

James evitó su caricia y resopló.

—Tengo trece años, mamá. Y todos me conocen.

—¡Trece años! ¡Santo Dios! —murmuró su madre, suspirando— ¡Cómo pasa el tiempo!

James odiaba ese tipo de discursos. Para él la vida ni siquiera había empezado y todos esos años para él no habían pasado de verdad. Sentía que el tiempo le mordía las pantorrillas y cada día que pasaba en la tienda era un día menos en las naves.

—¿Mamá...? —preguntó— Sabes que en el puerto...

—No sigas James —cortó la madre, apartando la silla para levantarse y dándole bruscamente la espalda—. Ha sido un día muy largo...

—Mamá...

—He dicho que no.

—Pero yo solo quiero...

—He dicho que no. No dejaré que lo hagas.

Y aquella noche no hablaron más de ello.

2

El cielo parecía frágil y susurrante. James miraba fijamente las estrellas persiguiendo confusos pensamientos. Había adoptado la costumbre, típica de los hombres indios, de dormir tumbado en el tejado de la casa, directamente bajo la bóveda celestial.

El sueño, y los sueños, tardaban en llegar, como si se sintiesen traicionados.

James daba vueltas y vueltas a sus ideas, sin llegar a nada.

Pero estaba lleno de energía, y no lograba permanecer tendido en el suelo.

Se levantó.

Se acercó a la baranda y dejó vagar la mirada sobre las casas adormecidas en torno a él. Vio en la oscuridad callejas oscuras barridas por el viento. Las grandes cúpulas doradas de los templos, en lo alto de las cuales ardían fuegos. Las avenidas de palmeras de hojas desflecadas.

Escuchó el lejano murmullo del mundo que giraba, giraba, y seguía girando.

Se sentía un cero.

Inútil.

La nada.

Oyó unos pasos por la calle, la puerta de la casa que se abría y se cerraba, un golpe de tos, e intuyó que su padrastro había vuelto.

Quién sabe lo que le contaría a su madre.

James se sentó en la valla de la casa y miró hacia la ciudad en dirección al parque zoológico. Al día siguiente se encontraría con la princesita Shileily. Se veían todas las semanas. Nada habría podido impedírselo. Al menos hasta que el padre no la obligara a casarse, quizá con un príncipe del desierto.

¿Y si ella se negara?

¿Y si también ella, como James, tuviera otros planes? ¿Si se rebelara?

Pensó en las cosas que se deben hacer. Y en las que se quieren hacer. Pensó en las velas de los barcos.

Pensó en las palabras de su madre.

He dicho que no.

No dejaré que lo hagas.

James se concentró en todos estos pensamientos a la vez, pasando de uno a otro por lo menos un millón de veces, y cuando estuvo demasiado cansado para seguir haciéndolo le quedaron en la mente solo tres palabras.

Cero, rebelión, mar.

Y solo entonces creyó haber comprendido el sentido profundo de las cosas en las que estaba pensando, y que se le estaban escapando.

Pero era una conquista engañosa: uno de esos momentos de absoluta certeza que luego, por la mañana, se han evaporado, como si nunca hubieran existido.

Y de hecho, cuando se despertó en el tejado de la casa, acariciado por los primeros rayos del amanecer y por el graznido de los cuervos, volvió a correr por la ciudad, como todas las mañanas.

3

¿Quién soy yo?, se preguntó, presionándose la vena azul del antebrazo con una uña hasta llegar a arañarse la piel.

Buscaba una respuesta.

Soy James Fry. Y vengo del mar.

Fue todo lo que encontró.

Fue suficiente para sacar del bolsillo el cheque de la señora Poincaré. Lo extendió sobre las rodillas y se quedó mirándolo tanto tiempo que las letras se superpusieron una sobre otra, convirtiéndose en un único conjunto sin sentido.

Luego, James empezó a atormentarse de nuevo, y dudó de si había de continuar o no.

Cero. Rebelión.

Y mar.

¿Tenía realmente valor para llegar hasta el final?

Se acurrucó contra la pared de cal de la callejuela y miró al cielo límpido que se abría sobre él. Podía ver, a lo lejos, la colosal pirámide del templo de Shiva, de la que salían los primeros cantos de los sacerdotes. Podía oír el estrépito de aquel nuevo día listo para iniciarse y la explosión de una multitud de personas que estaban a punto de ponerse en camino.

Imaginó millones de pies que pisaban la tierra y la desmenuzaban en polvo rojo barrido por el viento.

¿Es esta tu vida, James?, se preguntó. ¿Es aquí donde debes quedarte para siempre?

No, se respondió.

«¿Y entonces, qué harás?», se preguntó.

Caminó nervioso por la calleja, presionándose la nariz con los dedos hasta hacerse daño. Era la única manera que conocía para detener los pensamientos.

Saltó por encima de un reguero maloliente que atravesaba la calleja de parte a parte. Mantuvo un pie a cada lado.

Se quedó quieto, bloqueado.

¿En qué lado debía quedarse?

Sentía los pies clavados en el suelo.

Y estaba seguro de que se quedarían allí, hasta que llegara alguien y le liberara uno. O bien hasta que una ráfaga de viento le hiciera caer. O el lodo del arroyo le arrastrara.

«¿Soy un rebelde? ¿O un buen chico?», se preguntó, en equilibrio entre las dos posibles elecciones. «¿Soy libre para elegir, o tengo que escoger aquello que los demás han previsto para mí?»

He dicho que no.

No dejaré que lo hagas.

«¿Y qué será de mi madre si me rebelo?»

Pensó que se le rompería el corazón. Que el señor Lalchand le diría que él ya lo sabía, pero que no había podido hacer nada.

—Mi madre me odiará, ¿verdad? —susurró James al arroyo que corría bajo sus piernas.

Puede que al principio sí. Le odiaría. Pero luego, con el paso de los años, se le olvidaría. Y cada vez que James regresara a verla, le hablaría de nuevo sobre Inglaterra, de su primer viaje en barco, del único baúl de ropa con el que desembarcaron. De cuando abrió la sastrería.

Y James le respondería: «Entonces, ¿por qué no volvemos a Inglaterra?».

Se calmó de golpe.

Y saltó el arroyo.

El plumín estaba afilado y pesaba, como una espada.

Los latidos del corazón sonaban con más fuerza que los tambores que empezaban a tocar para la procesión.

Todo lo que tenía que hacer era un cero.

Aquel mismo cero que atravesó los desiertos a lomos de un camello, que se había susurrado en las Casas del Saber de Babilonia, que trastornó a los mercaderes que lo vieron.

Un único, simple, cero.

La mano le temblaba, el plumín pesaba, pero de todos modos James acercó aquella punta negra al cheque de la señora Poincaré.

Solo un círculo tras el número seis.

Un círculo que no contaba nada, como la forma del mundo.

4

Así es que tú eres el hijo de Madame Fry... —rio poco después el funcionario de Lloyd's—. Estás hecho un hombrecito, ya.

James no replicó, rígido y erguido al otro lado del escritorio. Iba descalzo y el suelo de mármol de las oficinas de la compañía estaba terriblemente frío.

—¡Siéntate, joven Fry! ¡Siéntate! —continuó el funcionario, indicándole un silloncito tapizado con una tela de rayas blancas y azules.

—Prefiero estar de pie... si puedo —respondió James que se moría de miedo de moverse o de romper algo.

—¡Pues claro que puedes! —rio el funcionario, examinando rápidamente el cheque—. Será solo un momento...

—... James —le ayudó el chico.

—James —terminó el funcionario.

Luego se calló. Se sentó en el silloncito de rayas blancas y azules de su lado del escritorio, miró el cheque que James le acababa de entregar y se cogió las solapas de la chaqueta entre el pulgar y el índice. Empezó a balancearse lentamente adelante y atrás, pensativo.

Se dará cuenta, pensó James, sintiendo que desde el suelo le subía por los pies una corriente gélida. Ahora sonará una alarma, llegará un soldado o un oficial de la Compañía de las Indias Orientales y me arrestarán.

—Caramba… —murmuró el otro, con los codos todavía colgados de las solapas de la chaqueta—. Sesenta libras esterlinas es realmente una bonita cifra.

Levantó la mirada para cruzarse con la de James, que trató de permanecer impertérrito.

—La señora Poincaré debe de haberos encargado un guardarropa completo.

—Pues sí —admitió James, mientras el hielo del suelo le había subido casi hasta las rodillas.

El funcionario siguió balanceándose aún unos instantes, que parecieron eternos, luego se encogió de hombros.

—Pero ¿quién entiende a las mujeres? ¿Verdad? —James esbozó una sonrisa—. Un día quieren una cosa y al siguiente, otra diferente. Y nosotros solo podemos fingir que las entendemos. Es la moda, dicen. ¡La moda! Un gran invento para controlar el mundo, ¿no te parece?

A James no le parecía que fuera exactamente así. Le parecía que los números eran mejor que la moda. Pero no lo dijo, no dijo nada, porque tenía demasiado miedo.

El funcionario abrió un cajón, cogió un papel timbrado, volvió a cerrar el cajón, abrió otro, cogió un sello, lo cerró, abrió un tercer cajón del que sacó tijeras, pluma y regla.

Escribió, selló, midió y cortó.

—Esto es... —murmuraba, entre un sello y otro. Y con cada golpe James sentía que se desmayaba.

—Un minuto y enseguida vuelvo —concluyó el funcionario, apartándose del escritorio.

«No puede ser tan fácil», pensó el chico.

Y de hecho, el funcionario dio unos pasos, se detuvo, y comprobó una última vez sus papeles.

—Escucha, James, tenemos un pequeño problema...

El hielo del suelo subió vertiginosamente y le atenazó la garganta. El chico no consiguió siquiera tragar. Sus labios se habían convertido en cristales.

—¿Tienes una bolsa resistente para guardar las cabezas del rey Jorge? ¿Necesitas una? Me la puedes devolver cuando regreses. ¿O prefieres que vaya contigo hasta la sastrería?

—No —respondió James, expulsando lentamente el aire de los pulmones—. No hace falta que me acompañe a casa. No tengo miedo.

—Muy bien, muchacho —comentó el funcionario—. Eres de verdad un buen chico.

Y ese fue el día en que James comprendió que las personas ven solo aquello que quieren ver.

Y que cada uno de nosotros tiene a su disposición un mundo invisible, con el que puede hacer lo que quiera.

5

Eh! —susurró James entre las ramas de glicina del parque zoológico—. ¿Me ves? ¡Estoy aquí!

La princesita interceptó su mirada, le sonrió, comprobó que nadie la veía y corrió a su encuentro.

—¡Creía que no ibas a venir! —dijo en su bizarro inglés.

James apartó la maraña de ramas para que la niña pudiera pasar.

—¡El simio blanco no falta nunca a una cita! —bromeó el chico—. ¡Vamos, pasa rápido!

La princesita Shileily emergió a su lado, divertida.

—¿No sabes que así no se habla a una princesa?

Había muchísimas cosas que James no sabía. Más de las que ella nunca hubiera podido imaginar.

Salieron de entre las ramas, y desaparecieron por la trepadora.

Su claro secreto del jardín era como una campana rodeada de flores. Tenían justo el espacio suficiente para permanecer acurrucados el uno junto al otro. Los arbustos en flor les protegían por los lados, y las plantas trepadoras formaban una densa cortina desflecada, salpicada de blanco. La tierra era blanda, cubierta por una delicada capa de hierba.

Shileily se arrodilló, con un rumor tintineante de seda y plata, y James la invitó a permanecer quieta hasta que estuvo seguro de que nadie los estaba buscando.

A su alrededor, las hojas parecían monedas brillantes.

Estaban muy cerca el uno del otro. James estaba tenso como la cuerda de un violín. Ella, ingenuamente feliz de verle.

—¿Cómo te ha ido la semana, James?

—¿Y a ti?

Ella se rio, pero abriendo apenas la boca.

—Bueno… puede que haya una buena noticia.

—¿Y de qué se trata?

—Dicen que un príncipe ha preguntado por mí.

—¿Que ha preguntado por ti?

Ella asintió. Parecía un gorrión.

—¿Y qué significa que ha preguntado por ti?

—¿De verdad no lo entiendes?

James abrió los ojos de par en par.

—¿Que se quiere casar contigo?

La mirada de la princesita se llenó de brillos.

—Por supuesto, no hay nada seguro, pero… ¿no te parece maravilloso? —murmuró indecisa.

James, como mínimo, estaba trastornado.

—No, no me lo parece. Pero tú… ¿de verdad piensas que es maravilloso?

La princesita se enfurruñó.

—Por supuesto que lo pienso.

—¿Y por qué? ¿Tú conoces a ese príncipe?

Ella negó con la cabeza.

—¿Y no te da miedo?

La niña cruzó los brazos a la altura del pecho. No era así como había imaginado ese encuentro.

—¡Pero es que es así como se hace! —dijo.

—¡No es verdad! —replicó James impulsivamente—. Así no se hace nada, si tú no quieres.

—¿Pero qué es lo que te pasa hoy, James? —La princesita le lanzó una mirada preocupada—. Estás más raro...

Solo entonces él sacó la bolsa de piel que había escondido entre los arbustos, y dijo:

—En el puerto hay un barco. Llegó ayer, lo he comprobado. Es inglés. Parece que volverá a partir esta misma noche. Se llama Esperanza. Esperanza, ¿comprendes?

Ella no dijo nada.

Y él ya no sabía como proseguir.

—¿Te acuerdas de cuando nos conocimos?

—¿En la terraza?

James asintió.

—¿Qué fue lo que te dije?

Ella miró a su alrededor, como para atrapar un recuerdo.

—Me dijiste... «te puedo raptar yo, princesa».

Se rieron.

Y luego, de repente, se pusieron serios.

—He venido a hacerlo —dijo James.

Ahora estaba calmado, tranquilo.

La princesita volvió a reír, creyendo que él bromeaba.

No era así.

—Lo estoy diciendo en serio. Tengo el dinero que necesitamos para embarcarnos. Y no quiero marcharme solo.

Ella calló, como apagada por aquellas palabras.

James le había hablado de forma totalmente sincera. Tenía la indestructible certeza de un chico de trece años y esperaba que le bastara para vencer cualquier dificultad.

—¿Te vienes conmigo?

Era imposible saber qué era lo que le pasaba por la cabeza a la princesita. Quizá pensaba que, a veces, es extraño... deseamos que las cosas ocurran. Las anhelamos durante días, semanas, meses, sin la más mínima esperanza de que puedan hacerse realidad. Las perseguimos de noche, regodeándonos en el consuelo de lo imposible. Y luego, cuando inesperadamente nos las encontramos de frente, nos aturden, y nos asustan.

—Eres un hombre de palabra, James —susurró al final—. Pero yo no puedo ir contigo.

El sol se oscureció tras una nube: las columnas de luz dorada que perforaban la cúpula de glicinas se debilitaron y se apagaron. Las hojas dejaron de brillar de repente en torno a ellos.

—¿Y por qué no puedes? —preguntó James en voz muy baja.

—Porque no puedo marcharme de aquí, James —admitió la princesa—. Este lugar es todo lo que conozco.

—También me conoces a mí —le recordó James—. Y yo te conozco a ti.

—¿Tú me conoces, James? —rio ella—. ¿De verdad? ¿Y quién soy?

—Eres mi princesa —respondió el chico, con sencillez.

—¡Ay, estúpido! —exclamó Shileily, produciendo un terrible tintineo de brazaletes—. Todo esto es simplemente...

Negó con la cabeza, sin encontrar la palabra adecuada. O sin tener el valor de admitir lo que era: *cruel*.

Se sentía engañada. Burlada por alguna divinidad malévola. No era posible que James fuera tan ingenuo. ¿De verdad esperaba que ella le dijera que sí? ¿Que se iba a subir con él al barco? ¿Cómo podía pensar que podrían embarcarse de verdad? Ellos dos, James y Shileily, ¡la hija del Marajá!

Y, además, una vez en el mar, ¿qué ocurriría?

Cruel, absurdo, peligroso. Y a pesar de todo, ella no se sentía en peligro: había algo fascinante en la imprudencia de James.

Algo que le impedía marcharse lejos.

—¿Qué te pasa? —le preguntó él, al notar su indecisión.

A ella le pesaban los ojos. Los cerró.

—Es como cuando te cuentan una leyenda... —dijo, tratando de hacerle entender cómo se sentía—. Tú escuchas pensando que sería bonito, si de verdad fuera así. Hay una fantasía ilimitada en las leyendas que tiene algo de auténtico, en el fondo. Pero la realidad, sin embargo...

Se interrumpió. Había oído un rumor de hojas y ramas.

—¿James? —preguntó la princesita Shileily.

Una brisa ligera hacía oscilar las glicinas en su prisión de hojas. El misterioso chico inglés había desaparecido.

La princesita acarició lentamente la hierba de su entorno.

Y comprendió que en realidad hacía falta muy poco para crear o destruir con las palabras.

6

James no perdió más tiempo.

Ya se sentía bastante estúpido así.

Atravesó la ciudad por última vez, en un fragor de címbalos, gaitas y trompetas.

Le resultó imposible no tocar a nadie. Le aplastaron y empujaron contra las paredes, se escapó de la procesión que iba formándose poco a poco y corrió cada vez que pudo. Llevaba la bolsa con las libras esterlinas bien abrazada contra su pecho.

Una multitud de fieles atestaba los bordes de las grandes piscinas, agitando al viento largas cañas de bambú frente a un agua gris y densa, como la leche.

James encontró un pasadizo entre toda aquella gente, entró en una calleja sin guirnaldas de papel y llegó a la tienda de su madre.

Oía desde fuera el ruido de la máquina de coser.

—¿James, eres tú? —le preguntó May, cuando le oyó abrir la puerta por la parte de atrás.

James se mordió los labios, para impedirse responder.

Sabía que, si lo hacía, no tendría el valor de marcharse.

Contó las seis libras esterlinas del cheque y las dejó sobre la mesa. Añadió luego otras cuatro, que escondió en su habitación, de manera que no las encontraran enseguida.

En total dejó veinte, diseminándolas en los pocos objetos que poseía, y salió para siempre de la casa del señor Lalchand.

No se despidió de nadie.

Ya no podía volverse atrás.

Estaba llorando.

Gastó otras tres libras esterlinas en comprar lo necesario: un cuaderno blanco, un estuche de plumas, tinta, zapatos, dos recambios de ropa y una bolsa de viaje. Se escondió las monedas en un pequeño talego bajo la blusa, y se miró al espejo. No parecía ya el niño que era: con la ropa nueva, parecía simplemente un extranjero.

Eligió un par de zapatos, balanceándose bien sobre los talones y probando a mover los dedos de los pies. No le gustaba nada aquella sensación. Los compró igualmente, porque pensaba que serían importantes, los metió dentro del zurrón y se marchó descalzo.

Casi en las afueras de Trivandrum, hizo que le prepararan una fuente gigantesca de arroz picante y devoró un pollo asado entero, haciendo equilibrios sobre un taburete. Probablemente, era el único chico occidental que hablaba el idioma local.

La procesión en honor a Shiva y a su esposa Parvati atraía hacia la calle cada vez a más personas. Desfilaban por la avenida en largos cortejos. Y por donde quiera que se mirara se interceptaban sus símbolos: un disco rojo y tres rayas blancas.

Quién sabe si su madre habría encontrado ya las libras esterlinas, se preguntó James. Y quién sabe si alguien se habría dado cuenta de que había falsificado el cheque.

Decidió no pensarlo.

Dejó la mesa y pagó, sin pedir el cambio.

Dos hombres se hicieron una señal de complicidad y empezaron a seguirle.

Uno de ellos llevaba un cuchillo oxidado en el cinturón.

En Trivandrum no existía un auténtico puerto, sino un largo embarcadero apoyado en pilotes. El embarcadero estaba unido a una larga playa de conchas desmenuzadas por las olas. En los márgenes de la playa, al abrigo de las primeras colinas, los habitantes habían construido unas sucias edificaciones, que poco a poco se habían convertido en un auténtico suburbio: casas de barro y de ladrillos secados al sol, hostales y pensiones para marineros, pequeños almacenes, estibas de mercancías de poca monta. James llegó aquí al anochecer. Pasó por la cuadra de los caballos donde un herrero estaba arreglando uno de esos carritos de dos ruedas tirados por cebúes, y pasó por un par de tabernas donde la gente bebía y gritaba. Observó a algunas bailarinas de mirada lánguida y se detuvo para escuchar a los músicos que rasgaban grandes guitarras de mástil curvado, que terminaba con una cabeza de monstruo.

El barco que había visto el día anterior todavía estaba allí, justo al final del embarcadero. Cabeceaba anclado, dulcemente estilizado.

Era magnífico.

Era un tres palos estrecho y largo, el casco de madera oscura, con las velas enrolladas, los flechastes y los cordajes que chocaban movidos por el viento y dos grandes antorchas encendidas que se deshilaban en centellas.

Era una fragata militar. Su nombre estaba grabado con letras de plata justo bajo el palo de trinquete.

Al acercarse al Esperanza, James se sintió insignificante y minúsculo, un intruso en presencia del rey.

Se cargó el zurrón al hombro y recorrió todo el embarcadero. El mar acariciaba suavemente los pilotes bajo sus pies. Los palos de la fragata ocultaban las estrellas.

Los grandes candeleros de popa crepitaban despacio y la luz de un candil alumbraba el camarote del capitán.

¡Quién sabe qué secretos y qué rumbos se estaban desvelando justo en aquel momento!

James no tenía una idea precisa de cómo hacer para embarcarse, y estuvo un buen rato dudando si debía intentar llamar a alguien.

Luego, decidió volver sobre sus pasos: quizá podría encontrar algún marinero en las tabernas y pedirle información. Todo el suburbio era un oscuro laberinto de pequeñas calles.

Caminó a buen paso con la intención de llegar al lugar donde había oído que cantaban y tocaban música, pero, apenas se introdujo en la oscuridad de la primera calleja, sintió que le agarraban por los hombros.

—Silencio, o eres hombre muerto —le silbó una voz malvada.

El chico sintió que la sangre se le helaba en las venas.

A la luz de las estrellas reconoció la hoja oxidada de un cuchillo y cruzó la mirada con el hombre que le había seguido.

Era tuerto y tenía una barba hirsuta. A pocos pasos de distancia, un segundo hombre vigilaba que nadie pudiera molestarles.

—¡Dame el zurrón! —le amenazó el tuerto.

—N-no puedo... —balbuceó James.

El cuchillo oxidado cortó el aire a unos palmos de su cara.

—¡El zurrón, rápido!

Sin esperar respuesta, el tuerto le arrancó el zurrón y lo tiró al suelo. Luego dio un empujón a James y le estampó contra una pared.

—¡Date prisa! —le conminó el cómplice, que hacía guardia en la entrada de la calleja.

El hombre abrió el zurrón y sacó los zapatos y la ropa. Rebuscó con la punta del cuchillo y gruñó:

—¿Dónde están las libras esterlinas? ¡Te hemos visto pagar con ellas!

—¡Las he gastado todas! —respondió James, rogando que le creyeran— ¡Solo tengo esto!

Hurgó en los bolsillos para ver si encontraba algo de calderilla y se la tiró a su agresor.

El otro le saltó encima y le puso el cuchillo bajo la barbilla.

—No juegues conmigo, inglés —le amenazó con aliento rancio.

James sintió que se ahogaba. Se maldijo por haber sido tan estúpido y no haber prestado atención a aquellos dos delincuentes, que ahora reconocía. Les había visto mientras estaba comiendo.

El otro empezó a registrarle los bolsillos y se percató del pequeño talego.

—¿Y esto qué es? —preguntó. No esperó una respuesta. Le rompió la camisa y descubrió la bolsa escondida.

—¡Te lo puedo explicar! —exclamó James.

El tuerto le arrancó el talego de un cuchillazo. James gritó, más por el miedo que por el dolor, y un arañazo ardiente le hizo caer al suelo jadeando.

—¡Quieto! —gritó— ¡Dámelo! ¡Es mío! ¡Son mías!

Pero el tuerto ni siquiera se dio la vuelta. Se reunió con el cómplice y se perdió con él en la noche, junto con sus libras esterlinas.

—¡No! —gritó James— ¡No podéis hacerme esto!

Probó a ponerse de pie, pero descubrió que las piernas se le doblaban y las rodillas no le sostenían.

Entonces se arrastró hasta el zurrón, y palpó en la oscuridad buscando sus cosas.

El pecho le ardía con dolorosas llamaradas.

—¡Mis libras! ¡Todas mis libras! —empezó a lamentarse.

Abrazó el zurrón como si fuera un ser vivo y trató de esconderse dentro de él, deseando solo desaparecer.

—¡Ladrones! ¡Cobardes! ¡Sois unos ladrones cobardes! ¡Como os vuelva a ver! ¡Como... os... vuelva a ver!

Pero no tenía fuerzas más que para lamentarse. Se quedó tirado en el suelo, sollozando.

—No creo que tú les des mucho miedo, así... –gruñó en ese momento una voz en inglés.

James dejó de lloriquear de golpe. Se apartó del zurrón y vio la silueta de un hombre contra el resplandor del mar.

—¿Y tú qué quieres? —le dijo, limpiándose la nariz con el dorso de la mano— Llegas tarde. Ya no tengo nada.

El otro dio un par de pasos acercándose a él. James, por el contrario, retrocedió hasta apoyar la espalda contra la pared.

—¡No te acerques!

—*U puci avi 'a tussi!** —exclamó el hombre, en un idioma desconocido—. No te preocupes, no quiero hacerte daño —añadió luego, en inglés.

James no protestó, pero no permitió que el otro le mirara la herida del pecho.

—¡No es nada! —gimió apartándose.

—¿Estás seguro?

—Es solo un arañazo —respondió James, apretando los dientes.

* «La pulga tiene tos», en dialecto siciliano.

Ahora que el desconocido se había acercado, James notó que tenía el pelo rubio y rizado, una barba enmarañada y una expresión de ojos vagamente burlona. Debía de tener algún año más que él.

—¿Qué te han quitado?

James intentó recolocarse la camisa rota y manchada de sangre.

—Todas mis libras esterlinas —respondió.

—¿Y tenías muchas?

—Mejor no te lo digo.

—Tenías muchas —dedujo el otro.

—Sí —admitió James—. Y ahora ya no tengo nada.

—Bienvenido al puerto —respondió el otro, mordaz.

James recogió su ropa y la miró, indeciso sobre qué hacer.

—Parecen unos buenos zapatos. Quizá podrías venderlos.

—No quiero venderlos. Los acabo de comprar.

—Comprendo —comentó el otro.

Luego, tras un largo silencio, le tendió la mano.

—Yo soy Salvo. De nombre y de hecho.

James se la estrechó, sin reflexionar.

—¿Eres inglés? —le preguntó.

—No. Soy siciliano. ¿Sabes lo que es Sicilia?

James negó con la cabeza.

—Es una isla mucho más bonita que Inglaterra —explicó el otro—. ¿Y tú?

—Yo soy James.

—¿Y de qué parte del mundo vienes, James? ¿Dónde estabas embarcado?

El chico se mordió el labio, luego se agarró la nariz con los dedos y resopló.

—¡Oh! Es una larga historia. Digamos que... no es importante donde estaba embarcado antes. Lo que quería hacer era... embarcarme en el Esperanza.

—¿En esa carcasa?

Salvo escupió y se quedó observando a James mientras volvía a meter sus cosas en el zurrón.

—¿Por qué lo llamas carcasa?

—Porque lo es. Es una ballena que espera que las olas la hagan pedazos.

—A mí no me parece que esté tan mal... –dijo James—. He oído que partís esta noche.

—Zarpamos al amanecer. —El siciliano contuvo la risa—. ¿Quién te ha enseñado a doblar la ropa, James?

—¿Por qué?

—¿Tú nunca has sido marinero, verdad?

James se ruborizó por la vergüenza y se cerró en un silencio enfurruñado.

—Oye, no quería ofenderte —continuó Salvo—. Si no quieres contarme lo que haces aquí, no te lo preguntaré más. Y siento lo de tus libras esterlinas. Pero al menos sigues vivo para contarlo. —Se limpió las rodillas—. Vuelve a casa y lávate un poco, y mañana ya verás qué es lo que haces.

—No tengo casa —respondió James, apretando los dientes—. Y dudo que tenga la posibilidad de decidir qué hacer.

Se encaminaron por la calleja.

—*Bontempu e malutempu un dura tuttu u tempu!* —recitó el siciliano en su misterioso idioma.

—¿Y qué significa? —dijo James.

—Quiere decir que el buen tiempo y el mal tiempo no duran todo el tiempo.

—Ah, muy bien.

—He visto que tienes plumas y cuadernos, entre tus cosas. ¿Sabes escribir?

—Sí.

—¿Y a lo mejor sabes hacer cuentas?

James asintió lentamente.

Se detuvieron en una plazoleta de tierra batida, a donde llegaba la música alegre de una taberna: una guitarra india acompañada por las palmas de un grupo de marineros.

—Eso no lo sabe hacer cualquiera... —comentó Salvo con una mueca—. Y mirándote, pareces alguien que ocupa poco espacio y come solo una anchoa.

—¿Qué quieres decir?

—¿Ves a aquel hombre de allí abajo? ¿Ese calvo, que salta entre las mesas?

James lo veía: era un hombre bajito de mediana edad, que parecía poseído por lagartijas.

—Ahora, tú y yo iremos a hablar con él. Se llama Ciro y es el gambucero. ¿Sabes lo que es una gambuza?

—No exactamente —admitió James.

—Puede que lo descubras. Quizá a Ciro le podría ir bien tener un mozo que sabe leer, escribir, y hacer cuentas.

—¡Bromeas? —rio James, incrédulo—. ¿De verdad harías eso por mí?

—Mira, no te estoy ayudando... —dijo Salvo—. Es justo lo contrario: estoy a punto de arruinarte la vida para siempre.

1843
1844

Así, mientras en Londres el rector de Eton decidía prematuramente dejar su trabajo, y participaba en la inauguración de la Sociedad Etnológica para el Estudio de las Civilizaciones Exóticas, James Fry afrontaba sus primeros días a bordo de un barco. Se convirtió en ayudante de gambucero, de Ciro el Grande, que de grande tenía solo el sobrenombre y la velocidad. Ciro le llamaba Giacomo, como si fuera un golfillo napolitano. Había nacido en Sorrento, una tierra que cae en picado sobre el mar, de la que procedían los dos limoneros del barco, venerados como si fueran sagrados. ¿Has oído hablar alguna vez de las Repúblicas Marineras?, rugía Ciro, mientras sudaban sepultados en la oscura gambuza del puente inferior. ¿No? ¿Y Amalfi? ¿Conocía Amalfi?

Y dado que James no sabía nada de estas cosas, Ciro le hablaba de batallas y hazañas por mar, de marinos y exploradores, de Ulises y de Scilla, de los venecianos y de los pisanos. Según él, fueron los italianos los que inventaron el mar, para estar lejos de casa, cuando las cosas no iban bien.

James se reía, aprendía, escuchaba, y, cuando podía, lo anotaba todo en sus cuadernos. Escribía con una caligrafía minúscula, sin espacios, para ahorrar papel por si no podía conseguir más. Transcribió los nombres de todas las personas que le presentaban: el contramaestre O'Malley, que había perdido la voz y tres dedos de los pies en los hielos de la Antártida; Tenten, que se jugaba todo el dinero que caía en sus manos; Barret de Manchester, el quinto de siete hermanos marineros; Abraham, el marinero raso más viejo de a bordo, que había rechazado testarudamente todos los ascensos. Y aún más: el barbero Ridolini, a quien le encantaba contar chistes mientras te pasaba la navaja de afeitar por la garganta; Chet Siete Esposas, que no podía ya desembarcar por miedo de encontrarse en tierra con alguna; el artillero Delroy, que venía de Bélgica; Truman, un taciturno africano de misterioso pasado, y, por último, Junior, el gigantesco indio tamil embarcado con el papel de guía y traductor.

Durante los primeros días de viaje apenas se notó la presencia de James: Alvin y Rope, dos de los chicos que trepaban hasta las cofas, se apostaron el café y su ración semanal de galletas a que James se retorcería por los mareos durante diez días por lo menos.

Y perdieron: apenas el barco empezó a balancearse sobre las olas, James se sintió como en casa; se desplazaba entre los puentes y las bodegas como si hubiera vivido siempre a bordo; y, cuando le permitieron hacerlo, trepó por el palo maestro como un mono, bajo la mirada estupefacta de Delroy.

La melancolía que había sentido en los años pasados estando en tierra fue sustituida muy pronto por el remordimiento que le producía la forma en que se había escapado de casa, y por las posibles consecuencias de todo cuanto había hecho. Pero la intensidad de la vida a bordo, las continuas tareas que le asignaban y las perfidias de algunos compañeros le dejaron en verdad muy poco tiempo para pensar. James tenía que sobrevivir, y esa única ocupación le absorbía toda la energía disponible.

No dormía nunca más de cuatro horas seguidas. Y cuando estaba despierto tenía que hacer de todo: comprobar las provisiones en los registros, abrir las cajas, colocarlas, organizar las cargas, entregar los pedidos en las cocinas (cinco kilos de carne de estofado salada por cada ocho hombres), dar de comer a los animales, cepillarlos, ordeñarlos, recoger los huevos; seguir las cuentas de las avemarías en el rosario de Ciro cada vez que tenían que matar un cerdo (el gambucero sufría más por ellos que por los compañeros de viaje), y así sucesivamente. Luego estaba la limpieza de las cubiertas, la ropa que había que llevar a remendar, recoger las hamacas, abrillantar los cañones.

Tenía solo tres turnos de descanso: el primero a las ocho de la mañana, después de haber repartido las galletas entre la tripulación; el segundo a mediodía, y el último a las cuatro —si la navegación lo permitía—.

A la caída de la tarde se derrumbaba en la hamaca sin fuerzas para escuchar un relato, silbar una canción o jugar una partida de damas.

En la panza oscilante del barco, durante la noche, rezaba para poder dormir, pero a veces estaba tan cansado que no lo lograba. Entonces, no le quedaba más remedio que escuchar el ronco jadeo de Hurricane, el ballenero mortificado por una tos salvaje, o a Tenten que se entrenaba lanzando los dados con los cubiletes.

Se veían obligados a compartir un único espacio común, donde palabras como intimidad y privacidad no tenían razón de ser, pero James no sentía la misma molestia que había experimentado siempre en tierra. Soñaba con que, antes o después, tendría su camarote, como los tenientes, el contramaestre, el médico cirujano, el contable, el jefe de artillería, el carpintero o el barbero. Aunque esos lujos, por ahora, le resultaban desconocidos.

En el barco existían las castas, exactamente como en Trivandrum.

Durante los primeros cuatro meses de viaje no vio nunca al capitán Wilhem Scott Butler, pero descubrió que Salvo no le había mentido respecto a las condiciones de su barco: el Esperanza era un «sexto rango» que debería haberse jubilado hacía tiempo, pero que por el contrario seguía patrullando, distribuyendo correspondencia y pequeñas cargas entre un puerto y otro de Bengala, de Ceilán y de las Andamán.

James anotó en su cuaderno que podía estibar hasta cuatrocientas toneladas, tenía ciento dieciocho hombres, de los cuales doce oficiales, y que estaba armado con veintidós cañones listos para descargar, que probablemente no dispararían nunca.

Anotó cada día el rumbo y la velocidad, tras pedírselo al oficial de segunda. Sur, ocho nudos. Sur-sureste, nueve nudos. Y así sucesivamente.

Las semanas se hicieron meses y los meses muy pronto se convirtieron en un año.

Y, sin darse cuenta, doblaron el cabo de Singapur, más allá del cual se abría el mar de la China Meridional, tristemente famoso por las razias de sus piratas y lo escabroso de sus costas.

James se había convertido en un marinero. Sabía con quién cambiar un cigarrillo por diez galletas, sabía leer las estrellas y trepar hasta la cruceta del palo maestro agarrándose con los dedos de los pies.

Una vez arriba, se sentía libre, y se perdía en las largas líneas del atardecer, con las piernas balanceándose en el infinito.

A veces seguía viendo las nubes de temporal que mordisqueaban el horizonte que había dejado a sus espaldas. El puerto donde James se embarcó.

Y si se sentía sobrecogido por un repentino frío, estaba siempre Salvo, en la cubierta inferior, murmurando su acostumbrada cantinela:

—*Scirocco chiru e tramuntana scura, mentiti in mare senza paura. Scirocco chiru e tramuntana scura, mentiti in mari...*

—*Senza paura* —canturreaba entonces James, volviendo abajo rápidamente.

1

Habían entrado en el archipiélago indonesio a comienzos del año.

Y se encontraban sumergidos en un paisaje de pura luz. Una luz tan intensa que uno se quedaba estupefacto, como si los ojos se hubieran abierto al mundo por primera vez. En las azules aguas del mar danzaban luminosas franjas de plata. Y en el cielo no había ni una nube.

Debía de ser ese, el Gran Oriente del que hablaban los marineros. El lugar donde nace el sol.

El Esperanza acababa de salir de Singapur, donde había cargado unas veinte cajas de madera selladas y un pasajero sin nombre. Habían virado hacia noreste, con la orden de interceptar una ingente partida de té en el puerto de Saigón. Pero, según James (y muchos otros), su rumbo estaba demasiado orientado al este para que de verdad se dirigieran a Saigón.

El viejo dicho «desconfiado como un marinero» desde luego no era la invención de un escritor. Durante una de las pausas del mediodía, James advirtió una densa atmósfera de complot e, intrigado, se unió a los demás para comer.

—Voces extrañas a bordo... –le susurró Salvo, dejándole sitio a su lado.

James comisqueó algo, mientras escuchaba. La mayor parte de la tripulación no tenía las ideas muy claras sobre su posición exacta, o sobre cómo eran las costas de aquella porción de mar a la que se enfrentaban por primera vez. Parecían saber perfectamente, sin embargo, cuáles eran los peligros hacia los que se encaminaban: dragones y criaturas monstruosas, mujeres magníficas y fatales, cortadores de cabezas y caníbales armados de cerbatanas; civilizaciones paganas de adoradores del fuego, divinidades monstruosas que coleccionaban cráneos; estranguladores de rostro tatuado.

Las cajas selladas que habían cargado en Singapur eran el segundo argumento favorito de los confabuladores: contenían oro. Armas. Joyas sustraídas a un rajá. Amuletos mágicos. Los ingredientes secretos de la piedra filosofal.

Y el nuevo pasajero, consecuentemente, pasaba con rapidez de ser un espía a ser alquimista.

James iba fijando la mirada en cada uno de sus compañeros de a bordo, bebiéndose sus relatos como si fuera oro.

El viejo Abraham los hizo callar a todos con un gruñido.

—¡Basta ya de tonterías!

E inmediatamente empezó a hablar de cuando estuvo por aquellos mares, de cómo llegó a Manila y a Yakarta, pasando por las Molucas. Y de aquella vez que desembarcaron en Hong Kong con un cargamento de opio.

—¿De verdad has transportado opio, Abraham? —le preguntó Delroy burlón.

El opio era la mercancía de contrabando más apreciada de la época. Una droga que los ingleses adquirían en la India y transportaban a China a pesar de todas las prohibiciones. Y que acababa de desencadenar una auténtica guerra de los mares.

—¡Pues claro, Delroy! Todos los marineros ingleses han transportado opio al menos una vez en la vida! ¿Por qué? ¿Qué creéis que hay de verdad en las bodegas del Esperanza? ¿Hojitas de té? —rugió Abraham, haciendo reír a todos.

—El capitán Butler ha dicho...

—¡Ya está bien, estúpido belga! ¡No querrás hacerme creer que el capitán Butler ha hablado contigo!

Aquella segunda carcajada hizo enfurecer a Delroy, que se puso rojo de ira. Delroy tenía pocos dientes y los ojos se le movían a toda velocidad, como los de un camaleón.

—¡Vieja cabra, eso es lo que eres! —replicó— ¡Pregunta a O'Malley qué es lo que transportamos!

Tiró la cuchara en la tartera de aluminio.

—¿Y desde cuándo podemos creer una sola palabra de lo que dice O'Malley? —dijo Abraham—. ¡Podría contarte que llevamos zapatos de señora o dientes de elefante, y para ti no cambiaría nada! ¡Eres solo un marinero!

—¡Muy bien dicho, Abraham! ¿Qué nos importa a nosotros la carga?

—¡Transportamos lo que transportamos!

—¡Lo importante es que nadie nos fastidie!

La discusión volvió a fragmentarse en altercados, anécdotas, insultos y suposiciones, y poco a poco terminó.

El último en hablar fue Junior, el guía tamil. Hablaba tan escasamente, y con un acento tan misterioso, que cada vez que abría la boca obtenía, sin pedirlo, un silencio de admiración.

—Animales rellenos de paja... —dijo.

Y todos le miraron.

—En las cajas llevamos animales rellenos de paja. Los he visto mientras las cerraban en Singapur.

Los marineros intercambiaron más de una mirada preocupada.

—Animales... ¿llenos de paja? —balbuceó James.

—Exacto, con el cuerpo lleno de paja. Y los ojos de cristal —continuó Junior, apoyando los dedos sobre las pupilas.

Había algo como de brujería en imaginar que transportaban animales con los ojos de cristal.

Y todos se marcharon sin hallar el valor de replicar.

2

Quienquiera que fuera el pasajero que había subido a bordo junto a las cajas, durante las primeras semanas de viaje, no se dejó ver.

El Esperanza echó el ancla en la bahía de un islote, frente a un asentamiento que se presentaba como una impenetrable barrera verde.

La ciudad estaba escondida en la jungla, y dejaba entrever los chapiteles dorados de algunos templos. Madejas de lianas se enrollaban en las ramas y colgaban sobre el agua. Minúsculas embarcaciones salían del puerto para acercarse al barco e intercambiar mercancías. Luego se dispersaban sobre las olas como insectos sobre la superficie de un lago.

Hacia el interior de la isla, la selva trepaba por las paredes de una montaña, hasta la capa de nubes bajas que ocultaba el cielo.

Hacía mucho calor y a James le costaba dormirse.

Abandonó su hamaca en plena la noche, buscando un poco de aire respirable.

Subió a cubierta imaginando que se refrescaría con la brisa nocturna, pero no lo logró. El Esperanza estaba inmóvil, como atrapado en un mar de arena. La maleza inextricable de la selva parecía hundirse bajo el mar; la montaña estaba salpicada de luces y, casi bajo las nubes, ardía una gran hoguera. Se oía el continuo croar de trompetas, gongs y tambores.

Era la música gamelan: sagrada y profana a la vez.

—Debía de ser alguien muy importante —observó un marinero que, como él, no conseguía coger el sueño. Estaba en la sombra mirando las llamas que crepitaban, demoliendo poco a poco la torre de bambú incendiada.

—Eso es lo que están haciendo: una cremación... —murmuró el muchacho. Y empezó a distinguir entre el fuego los techos en forma de pagoda de un badé.*

—No quisiera estar en su lugar —añadió, cuando la torre comenzó a inclinarse sobre un lado.

—¿De verdad? Yo, sin embargo, encuentro que es el mejor modo de irse... —dijo el marinero—. Mucho mejor que pudrirse bajo tierra con los gusanos.

—Yo moriré en el mar —dijo James, tranquilo.

—Entonces te deseo que falte aún mucho tiempo.

—Esperemos —se concedió el chico.

Miraron los reflejos del fuego sobre las olas y luego James añadió:

—¿Sabes qué es lo mejor de estar muerto?

—No —respondió el marinero.

* Torre funeraria apoyada en el respaldo de una gran tortuga con dos cubos de madera que sostienen la silla de los muertos.

—Que no tenemos que preocuparnos ya por el lugar que debemos ocupar.

El otro se rio.

—No sabía que tenía un filósofo a bordo. ¿Cómo te llamas?

—James. ¿Y tú? —El chico escrutó en la sombra, tratando de distinguir sus rasgos— Creo que no te había visto antes.

Era Wilhem Scott Butler, el capitán del Esperanza.

3

A la mañana siguiente, James se despertó con un O'Malley especialmente agitado que pasaba entre las hamacas gritando:

—¡Despierta! ¡Lávate! ¡Arriba! —como si les estuvieran atacando.

Volteaba al aire una sábana anudada con la que golpeaba a los marineros que le parecía que estaban aún dormidos.

James se bajó de la hamaca, la desenganchó y la enrolló. Luego bajó a la gambuza para ayudar a Ciro con las galletas.

Le paró Salvo.

—Vuelve para atrás, que bajamos a tierra —le dijo.

En un santiamén se encontró a bordo de una chalupa, junto a los dos italianos, Junior y el carpintero. A fuerza de remar, la chalupa se deslizó bajo la manta de árboles y llegó hasta un pequeño puerto lleno de embarcaciones en forma de góndola y botes guiados con largas pértigas. Mirara a donde mirara, James veía banderas de colores chillones, que ondeaban colgadas de las ramas.

Los niños se tiraban al agua desde las escaleras sumergidas, y palacios amenazadores, de piedra oscura, emergían entre las plantas. Un martín pescador le pasó rozando como una flecha azul, haciéndole reír por la sorpresa. Los canales de agua parecían multiplicarse hasta el infinito: edificios, filas de palmeras compactas y bananos de hojas brillantes. Metió una mano en el agua, pero la retiró en cuanto Salvo imitó un mordisco de cocodrilo.

Anclaron a los pies de una enorme escalinata, y subieron entre arbustos de flores blancas de perfume embriagador.

—¿Adónde vamos? —preguntó James, siguiendo a los otros por la piedra caliente y porosa.

—Al mercado, a comprar provisiones —respondió Ciro.

Pero por el tono de su voz estaba claro que no era del todo verdad: Ciro tenía solo muchas ganas de bajar a tierra a curiosear.

Dieron vueltas por la ciudad durante gran parte del día y estuvieron muy ocupados en el mercado, más por curiosidad que por necesidad. Ciro regateaba salvajemente todos los precios: se enfurecía, gritaba, se indignaba y fingía marcharse, para luego cerrar el trato con regularidad en la cifra que él había decidido. Era un espectáculo.

Cargaron buena parte de las chalupas: una decena de cochinillos, algunas cestas de peces de boca acorazada, corteza de sauce y de quino. Había cestas de perlas y de ámbar, pero sobre todo había una tienda a donde los dos italianos le quisieron llevar.

—¡Es papel! —exclamó James.

Ciro regateó hasta el agotamiento el precio de tres cuadernos nuevos para sus diarios.

Hacia media tarde, el mercado se despejó.

Los comerciantes colocaban en saquitos las pequeñas monedas de plata y cobre que habían ganado. Las cogían a puñados como si fueran granos de arroz y las metían en sus bandejas de contar: recipientes con hileras de agujeros que, una vez rellenados, daban el número exacto de las monedas. Grababan el resultado en tiras secas de hoja de palma, similares a los antiguos papiros, y luego volvían a empezar desde el principio.

—Es hora de volver al barco —decidió Ciro, mientras se tomaba un té amargo—. Vosotros, ¿habéis acabado? Giacomo, ¿sigues siendo de los nuestros?

James había cruzado su mirada con una chica de pelo muy negro y ojos verdes. Una criatura de tal belleza que le impedía hablar o hacer cualquier cosa.

—¿Qué has visto? —le preguntó Salvo.

—Creo que he visto un ángel —respondió el chico sonriendo.

—Anda, deja ya a ese ángel... —exclamó entonces Ciro—. En mi tierra se dice que el hombre ha de temer solo a dos cosas: al mar y a las mujeres.

Dio una generosa palmada a su guía en la espalda y le preguntó, todo contento:

—Salvo, ¿y en tu tierra qué dicen?

—Que todos los ángeles llaman a tempestad... —respondió él mirando al cielo compacto.

El aire se hizo extrañamente ligero y el mar pareció recubrirse de una pátina invisible, que temblaba con cada mínimo cambio de viento.

Los cuatro hombres remaron lentamente, junto a las otras chalupas. Alcanzaron el flanco del Esperanza y empezaron a subir hacia cubierta. A mitad de la escalada, James oyó unas palabras que procedían de uno de los alojamientos de los oficiales, a unos palmos de donde estaba trepando.

Reconoció de inmediato la voz del capitán Butler y la igualmente inconfundible del marinero Abraham.

—¡Esto es una insubordinación, marinero! —estaba gritando Wilhem Butler—. ¿Y sabes cómo se castiga la insubordinación?

—¡No malgaste sus fuerzas, capitán! —rugió el viejo—. ¡Estoy en el mar desde mucho antes que usted!

—¡Marinero Abraham! ¡No me obligue!

El tono de urgencia de aquella frase hizo que James subiese más despacio para poder oír alguna palabra más.

No le parecía una pelea auténtica.

—Si me he permitido hablarle francamente, capitán Butler... —prosiguió el marinero—, ¡es porque nos conocemos ya desde hace treinta años!

—¡Es la única razón por la que no he dado aún orden de azotarle, marinero Abraham! ¿Qué pretende hacer?

—Quiero que me deje en tierra, comandante. ¡Déjeme incluso en la isla, si quiere proseguir!

James abrió los ojos de par en par, estupefacto.

—¡Espero que no esté hablando en serio!

—No podemos hacernos a la mar mañana, capitán. No he llegado a mis años para ahora echarme en brazos de una tempestad.

—¿Todo bien, James? —le preguntó Salvo desde cubierta.

El chico le hizo un gesto de asentimiento con la cabeza, subió un par de escalones y logró escuchar unas palabras más.

—... perseguidos a causa de la misión, señor Abraham.

—Sin mí, señor Butler. Podéis pensar que me he convertido en un viejo loco si queréis, hacedme azotar y que me cuelguen... o bien, simplemente, concededme un hombre y una chalupa durante media hora, y permitidme desembarcar.

James llegó hasta la cubierta del barco.

—¿Qué te ha pasado? —le preguntó Salvo, ayudándole a subir.

James no había tenido siquiera tiempo de contarlo cuando vio a Abraham salir de los alojamientos de los oficiales.

Pasó junto a James y ordenó:

—Bajad la chalupa al agua. Me voy a tierra.

Trató de dar una palmadita en la espalda a James y le preguntó:

—¿Vienes conmigo?

Pero James esquivó la palmada, ligeramente trastornado por aquello que había creído entender.

Agarró un saco de los que acababan de descargar y siguió a Salvo hacia la gambuza.

—¿Tú crees que estamos en misión? —le preguntó, antes de bajar los estrechos escalones de la bodega.

—¿De qué misión hablas? —replicó el siciliano.

—Precisamente —convino James—. Eso pensaba yo.

Pero la última cosa que vio, o que le pareció ver, un instante antes de bajar de cubierta, fue el reflejo de unas pequeñas gafas redondas.

Dos lentes y una montura de hierro que le escrutaban tras la puerta de los alojamientos oficiales.

—¡Eh! —exclamó James, deteniéndose de golpe.

Pero, cuando regresó a cubierta, la puerta del pasillo de oficiales volvía a estar cerrada.

4

El Esperanza levó anclas a las ocho de la mañana, y el capitán Butler dio orden a Alvin y Rope de desplegar completamente las velas, para navegar a la máxima velocidad posible. Se adentraron en mar abierto. Dirección sur-sureste. Opuesta al puerto de Saigón, que era a donde deberían haberse dirigido.

Una procesión de pájaros les siguió graznando mucho más allá de las aguas de la isla, y a James aquellos graznidos quejumbrosos le parecieron advertencias.

No había contado nada, ni de la discusión, ni de lo extraño de su rumbo meridional. Pero estaba inquieto, y vigilaba cualquier mínimo movimiento.

El cielo se mantuvo gris y amenazador durante todo el día, y un viento constante hacía que el barco fuera muy inclinado sobre las olas. Un mar verde y profundo salpicaba la proa de espuma blanca y salada.

James estuvo trabajando en la gambuza, siguiendo el ritmo de las olas para no perder el equilibrio, y cuando llegó el momento del descanso del mediodía cogió su ración de galleta, la sacudió contra el palo maestro para quitarle los insectos y trepó por las jarcias, hasta la cofa.

Apoyó la espalda en el palo, y comió mientras miraba sombrío al mar que les rodeaba.

¿Hacia dónde se dirigían, exactamente? ¿Y cuál era la misión de la que había hablado el capitán Butler?

No lo sabía, y no tenía manera de preguntárselo a nadie. Cualquier pregunta, estaba seguro de ello, desencadenaría un torbellino de voces y de conjuros.

El Esperanza se irguió sobre una ola especialmente alta e inesperada; un gigantesco rociado de espuma golpeó la cubierta provocando las maldiciones de los marineros. James estuvo a punto de caer por el contragolpe, y perdió las galletas.

—¡Mejor ellas que tú! —le gritó Alvin, retrepado como una araña más arriba que él—. ¿Estás bien?

—¡Sí! —le tranquilizó James, bien asegurado en las alturas.

El Esperanza se había inclinado hacia delante y ahora se precipitaba en el vacío que seguía a la ola.

—¡Agárrate! —le advirtió el muchacho en las jarcias.

El contramaestre O'Malley gritó algo, hizo danzar el timón, y el barco se irguió por segunda vez.

James se aplastó contra el palo y pensó que el casco se rompería en mil pedazos, pero no ocurrió nada. Una vez superada aquella ola enloquecida, el mar volvía a estar en calma.

O'Malley seguía gritando, y una decena de marineros trepó por las jarcias para plegar las velas. James se encontró justo en medio de la actividad y ayudó a Alvin a enrollar una vela. Era inmensa y pesaba muchísimo, pero juntos lograron atarla al palo.

Luego desenrollaron las velas de los palos menores, que se hincharon con un restallido.

El Esperanza se inclinó en la dirección contraria.

5

Prosiguieron hacia el sureste sin encontrar más olas extrañas, flagelados por una luz gris, sin esperanza, que hacía que la superficie del mar pareciera una losa de granito. Se difundió un insólito mal humor entre la tripulación, que ni siquiera el «estofado especial» de aquella noche logró eliminar del todo. Ciro había añadido una especia increíblemente picante, que hacía llorar los ojos y moquear.

—¡Ánimo, Delroy! ¡Ánimo! —se rieron los hombres cuando al artillero empezó a toser con los ojos desorbitados.

El Esperanza crujía y se balanceaba sobre las olas.

Truman olisqueó el estofado, dijo que era carne del diablo y no lo tocó.

—¡Lo haya cocinado el diablo o no... —comentó Barret de Manchester— en mi opinión está tan bueno como el infierno! ¡Dámelo a mí, Truman! ¡Me lo acabo encantado!

Se desequilibraron con una segunda ola, y de la tartera de Truman saltaron gotas de caldo hirviendo.

Los marineros salpicados maldijeron y los otros se rieron. Casi todos.

—A ver si ellos consiguen beberse el vino con la cubertería de plata —refunfuñó Delroy, mirando ceñudo hacia los alojamientos de los oficiales, desde donde provenían tintineos de cubiertos y se filtraba la luz de las lámparas.

—No se bebe con los cubiertos —intervino Chet Siete Esposas—, sino en cristal. ¡En copas de cristal!

—¡Pues entonces, que se les rompan en las manos! Así aprenderán a hacernos salir con una mar así... —siguió protestando Delroy, mientras removía el estofado con la cuchara.

También James tenía la garganta ardiendo por la guindilla, y Salvo le dirigió una mirada.

—Todo va bien —dijo James con gestos.

Pero bailaba todo, y bailaba cada vez más.

Habían acabado de cenar cuando empezó a llover. Una lluvia lenta, de gotas escasas y gruesas, que salpicaban el mar como ráfagas de piedras.

Los marineros que no estaban de turno se refugiaron bajo cubierta. O'Malley se puso una capa impermeable y se colocó en el timón. Alguien lanzó una maldición, pero, en general, parecían todos tranquilos.

En la bodega, Tenten, Rope y Delroy sacaron un par de escarabajos y organizaron una carrera. Dibujaron un círculo con carbón en un trozo de tela y empezaron a apostar sobre cuál de los escarabajos lograría salir primero de él.

James trató de actualizar su diario, y compiló un rápido resumen de aquello que había visto en el mercado el día anterior. Se concentró en encontrar las palabras correctas para describir a la chica de los ojos verdes, escribió y borró un par de frases antes de anotar: *Más bella que la diosa Parvati.*

Y en aquel momento el barco se elevó lanzando un largo gemido y luego cayó de nuevo en el mar.

La hamaca de James estuvo a punto de desprenderse de los ganchos y su cuaderno salió rodando. Oyó maldecir contra los escarabajos a los que apostaban y se encontró de repente en el suelo, maltrecho.

Buscó la mirada de Salvo, en un rincón de la habitación, y notó que el siciliano estaba canturreando en voz baja.

¿El corazón de James era el único que estaba tan asustado?

El chico recuperó el control de sí mismo. Recogió el cuaderno y se obligó a respirar, caminando entre las hamacas como un borracho: pero el Esperanza seguía zarandeándole de un lado a otro.

Scirocco chiru e tramontana scura, mentiti in mare senza paura.

James se aseguró de que la hamaca estaba bien enganchada, metió los cuadernos en su zurrón y los colocó bajo el par de zapatos que aún no había estrenado.

Hurricane sacó su juego de damas y buscó a alguien a quien desafiar.

Scirocco chiru e tramontana scura...

El barco subió y bajó. James sintió el vacío de la caída, y el estruendo de la proa al chocar con las olas. Oyó el azote del agua sobre el casco, y el palo maestro que se quejaba por el esfuerzo.

Chet Siete Esposas se tambaleó y se refugió en la hamaca, donde fingió, como cada noche, leer un libro. Cada vez que James le preguntaba de qué trataba, recibía una respuesta diferente.

—¡Eh, Chet! —le llamó James.

Pero el estruendo del mar era tan fuerte que aquel ni siquiera le oyó.

Y en ese momento James comprendió que todos estaban

fingiendo: Salvo canturreando tranquilo, cuando en realidad estaba rezando. Chet leyendo. Hurricane que quería jugar a las damas había dejado de toser.

Mentiti in mare senza paura...

A la siguiente ola, Salvo dejó de cantar. Oyó el gemido de la carcasa. La elevación, el vacío, el golpe. Los chirridos, los quejidos del casco, las cuerdas que se retorcían en sus poleas.

¡No podía aguantar más, allí abajo! Se acercó a las escaleras que subían a cubierta y la lluvia le golpeó como un puñetazo.

Le nubló la vista, le hizo tambalearse en la madera viscosa y volvió a cerrar la escotilla por la que acababa de salir.

Luego, James vio la tempestad.

Vio al capitán Butler aferrado al timón, el tabardo impermeable deshilachado por el viento que chasqueaba detras de él. Vio a los hombres alrededor de los palos, atados para que las olas no los arrastraran. Oyó gritos, órdenes, y cuando levantó la mirada vio las velas arrancadas en el palo maestro, y minúsculos puntos negros, otros hombres, que trataban de atarlas o cortarlas del todo. Vio el cielo negro iluminado por los rayos, que caían en el mar como cometas.

El Esperanza se balanceaba de forma enloquecida, ahora irguiéndose, ahora cayendo, ahora inclinándose sobre un lado y luego sobre el opuesto.

Algunos barriles se liberaron de las ataduras de las cuerdas y se estrellaron contra el alcázar: las tablas volaron por todas partes como las varillas de un abanico.

James no estaba preparado para todo aquello. Se inclinó, se escurrió, buscó un asidero al que agarrarse y en el instante sucesivo una ola inmensa le embistió y le dejó sin aliento.

Encontró un cabo, lo agarró, se arañó y se dio un golpe con el puño de amura, y pensó que le estaban arrancando un brazo, pero cuando la ola pasó, dejándolo maltrecho, estaba aún en cubierta. Los otros marineros gritaban. Gritaban todos, para hacerse oír por encima de la tempestad.

Trató de ponerse de nuevo en pie: la amura que había agarrado se le había enrollado en el brazo y se lo estaba estrangulando. Tenía la mano morada. La piel arrancada.

James se dio cuenta de que no podía permanecer en cubierta sin saber qué hacer. Pero tampoco podía bajar a la bodega, donde sentía que se ahogaba.

Sobrevivir.

Eso era lo que iba a hacer.

Buscó con la mirada el palo maestro y los ganchos en los que se fijaban las velas. Vio a sus compañeros que le hacían gestos de que se moviera, antes de que llegara una nueva ola.

James se tiró hacia delante, sobre la cubierta, deslizándose sobre la madera resbaladiza hasta donde estaban ellos. Le agarraron y le levantaron, le engancharon antes de que se cayera por la borda.

—¡Maldita sea, James! ¡Qué estás haciendo!

Barret. Era Barret.

Unas manos robustas le sujetaron y le ataron al palo. James sintió que un cabo se deslizaba alrededor de su cintura. Se rebeló tratando de liberarse. No quería estar atado. ¡No quería que le inmovilizaran!

—¡Vuelve abajo! ¡Es peligroso estar aquí!

—¡OLA! —gritaron todos los marineros.

Al sentir el vórtice del mar, James se apartó el pelo de la cara. Hubo un momento de absoluto silencio y claridad, donde pudo ver a todos aquellos que estaban a su alrededor: Barret, Junior, Convoy, Ridolini, Shuster, Preudhomme... Vio las arrugas, las heridas, las quemaduras. Vio el miedo y la determinación. Vio las luces de los candiles que se apagaban. Una amura atravesaba la cubierta de derecha a izquierda, como una serpiente, o como una guillotina. Luego, Alvin abrió de par en par la escotilla, desde la bodega.

Fue la última vez que le vio.

James no tuvo tiempo de gritarle que volviera abajo.

El capitán Butler tenía una mano levantada y la boca abierta de par en par señalando algo que estaba llegando por encima de ellos.

O'Malley se tambaleaba atontado bajo la lluvia.

Y luego el silencio se convirtió en un estruendo.

Y el estruendo los engulló a todos.

6

James pensó que estaba muerto.

Y que la muerte era líquida y sin ruidos.

No oía nada. No veía nada. No lograba comprender si estaba inmóvil o si se estaba moviendo. Si subía o bajaba. Si tenía calor o frío.

Se sentía, sustancialmente, en paz consigo mismo.

James, ¿sabes qué es lo mejor de estar muerto?

No lo sé, James.

Que ya no tenemos que angustiarnos por el lugar que ocupamos.

Eres un filósofo, James.

¿De verdad soy un filósofo?

Sí: un filósofo muerto en el mar a los catorce años.

James, ¿sabes qué es lo mejor?

El silencio.

Y la ausencia de los demás. De las mil personas que quieren ocuparse de tu vida: que tiran de ella y la empujan y la tratan como si fuera suya...

Y luego, en aquel silencio, a James le golpeó algo. Un cuerpo macizo, duro, que casi le partió la espalda.

Entonces gritó y el gritó se le ahogó en la garganta. Se convirtió en una explosión de burbujas de aire.

James empezó a contorsionarse como un gato herido.

No estaba muerto: estaba vivo. Estaba vivo todavía.

Y estaba en el mar.

Y algo, o alguien, le había golpeado.

Escupió agua y trató de situar qué estaba arriba y qué estaba abajo. Vio los resplandores del temporal y se orientó: imaginó que aquellas serían las nubes, veladas por el agua del mar.

O sea que estaba hundiéndose.

Se dio la vuelta y empezó a nadar.

Hacia los relámpagos.

Sentía cuerpos y veía sombras que se precipitaban junto a él, negras y gigantescas. Cabos como serpientes marinas. Cajas. Barriles. Y... personas, como fantoches.

Nadó, sin pensar y sin mirar. Era fatigoso. Doloroso. Extenuante.

¿Sabes qué es lo bueno de estar muerto, James?

Manos cálidas le acariciaban desde la profundidad, y el silencio le llamaba como una música dulce. Era el reclamo del abismo.

La paz, al fin.

Ser uno mismo, inmóvil y para siempre.

Yo moriré en el mar, había dicho al capitán Butler.

¡Pero no en ese día!

James siguió al latido furioso de su corazón, a los músculos sin oxígeno, a los pulmones llenos de agua salada, a los ojos ciegos.

No aquel día.

Nadó contra corriente, solo contra todo el océano.

¿Sabes, James?

Otra brazada. Dos. Y tres. Nadó hacia los truenos que se estrellaban contra las olas como meteoritos incendiados.

¿Sabes, James?

Lo sabía.

Pero.

No.

Aquel.

Día.

Sabes…

—¡JAMES! —gritó al salir del agua—. ¡JAMES! —repitió, tosiendo su nombre en un desafío al cielo.

Rodó con la corriente, una ola le sumergió y le hizo salir de nuevo.

—¡MI NOMBRE ES JAMES FRY! —gritó el niño que nunca nació—. ¡Y ESTOY VIVO!

El mar se arremolinaba en torno a él y un viento frío impulsaba las olas hasta deshacerse en abanicos de espuma.

¿Espuma?

James boqueó. Se sumergió y al salir de nuevo a la superficie vio a lo lejos una lengua de tierra. Las líneas blancas del acantilado, luego, se sumergió de nuevo.

Nadó salvajemente y una vez fuera trató de entender qué era lo que había ocurrido: un naufragio. Era un naufragio.

La última ola, la más grande de todas, le había lanzado al agua. Sí. Pero... ¿dónde estaba el Esperanza? ¿Y dónde estaban los demás?

Había cosas a su alrededor. Sombras negras. Amuras. Trozos de tela. Nadó para alcanzarlos. ¿Qué había pasado?

Residuos. Cajas. Partes de la carga. Barriles. Tablones. Flotaban en torno a él, zarandeados por la corriente. James podía agarrarse a la madera que flotaba y...

Agitó brazos y piernas, aterrorizado. Dejó de nadar, tratando de flotar en la superficie traicionera del mar. Las carcasas de madera ondeaban a su alrededor: tablas, tornos, baúles, cajas, velas, cuerdas... y...

¿Qué era aquel cuerpo que nadaba a pocos metros delante de él?

Esperó la luz de un rayo. Trató de entender, pero no lo logró.

Y cuando lo consiguió ahogó un grito. No era posible, se dijo. Simplemente, ¡no era posible!

Era un tigre.

Un tigre que nadaba en el agua junto a él.

¡Pero no podía haber un tigre en medio del mar!

El estruendo de las olas aspiradas por los escollos le impedía pensar. ¿Escollos? ¿Tierra? ¿Isla? ¿Un tigre?

¿Qué le había ocurrido al Esperanza?

Luego vio otra figura nadando. Un rayo, y esta vez estuvo seguro: era un hombre. Un hombre como él, que daba largas brazadas en dirección al acantilado.

Trataba de alcanzar la lengua de tierra.

Sí, pensó James.

Sobrevivir.

Tenía que sobrevivir.

Y luego hacerse las otras preguntas.

Nadar hacia el acantilado. Superar la resaca de la corriente. Los escollos.

Nadó con la fuerza de la desesperación y volvió a respirar otra vez. Había salido a menos de un metro del tigre.

Un animal poderoso, de pelo dorado y negro, los dientes a la vista y los ojos…

James tosió.

Los ojos… inmóviles.

El chico se debatió, alargó las manos hacia él y al fin lo aferró, sintiendo que no oponía resistencia.

Se acercó, agarrándose con todas sus fuerzas.

El tigre le miraba con sus ojos de cristal. James aferró la piel mojada con las manos y con las últimas fuerzas se subió sobre el gran animal disecado, dejando que la corriente le arrastrara a algún lugar.

7

Cuando recobró el sentido, era de día.

Estaba tumbado en la arena junto a la carcasa del tigre de paja, embarrancada a pocos pasos de él.

Tenía la vista nublada, los huesos doloridos.

Había dejado de llover.

La resaca del mar le acariciaba los pies, dulcemente.

Escupió agua salada, se dio la vuelta, mirando al cielo y cruzó la mirada con los ojos de cristal del animal que le había salvado la vida.

Había paja mojada esparcida por toda la orilla.

James se conformó con respirar, y esperó. Oyó un quejido, un golpe de tos que no era el suyo.

Se alarmó y trató de sentarse. Al intentar moverse, pensó que la espalda se le iba a partir.

Pero no lo hizo. Tenía los músculos doloridos, pero nada más.

A lo largo de la cuenca de arena, piedra y algas había un hombre que avanzaba, dejando tras de sí una fila de huellas que las olas se tragaban un instante después.

Iba balanceándose hacia el tigre. Tenía la ropa destrozada y los zapatos anudados alrededor del cuello.

—¡Eh, tú! —le reconoció James.

Tuvo una especie de vértigo. Le silbaron los oídos. Y no estaba siquiera seguro de que fuese capaz de hablar.

Levantó un brazo para saludar al desconocido.

—Delroy —dijo—. Delroy, ¿eres tú?

El otro se detuvo en medio de la playa, como si hasta ese momento no le hubiera visto.

—¿Fry?

—¡Sí! ¡Soy yo!

James se apoyó en la carcasa del tigre y mantuvo la mano alzada hasta que el artillero del Esperanza llegó hasta él.

—¿Cómo lo has conseguido, Fry?

—Yo… no lo sé… Lo último que recuerdo es que me agarré a… él.

—Qué diablos de monstruo —escupió Delroy, dando la vuelta a la carcasa del tigre—. ¿Estás bien? ¿Tienes algo roto?

—No. No creo. Aunque me duele todo cuando intento moverme, pero… ¿Y tú? Quiero decir… ¿Qué ha pasado?

Delroy tenía el pelo empastado de sangre.

—Que hemos naufragado, eso es lo que ha pasado.

—Naufragado… —balbuceó James—. Sí eso ya lo he entendido, pero… ¿Cómo? No… me lo puedo creer…

Se deslizó, la espalda contra la del animal, hasta el suelo. Estaban muertos, pensó. No podía haber ocurrido realmente.

Porque se sentía en un mundo diferente. La amenazadora línea negra que había avistado durante la noche ahora parecía una tranquila playa de arena blanca, con las palmeras plegadas al viento.

—¿Hay alguien más? —preguntó Delroy.

—Nadie, que yo sepa —respondió James.

El artillero escrutaba nervioso la playa.

—Yo tengo dos.

—¿Quiénes son?

—Truman y el guía.

—¿Junior?

Delroy asintió.

—Un bonito grupo en verdad...

James consiguió levantarse a duras penas y vio dos figuras a lo lejos, metidas en el agua hasta la cintura, tratando de recuperar las cosas arrastradas por el mar.

—¿Y no hay nadie más?

—¡No lo sé, Fry! ¿Cómo quieres que lo sepa? ¿Crees acaso que soy un adivino?

—Solo he hecho una pregunta.

—Una pregunta estúpida.

—Y... el Esperanza...

—¡Yo estaba abajo! —gritó Delroy—. De repente, todo se dio la vuelta... el mar nos levantó y nos volteó como el estómago de un cerdo.

James asintió.

Recordaba el silencio, la ola que barría todas las cosas y luego...

Luego, el silencio de nuevo.

Delroy abrió los ojos de par en par.

—Hubo un estruendo, como si hubiéramos cogido un escollo. Y el barco entero se hizo mil pedazos... como una lata de sardinas que se estrella contra el suelo... ¿queda claro? Solo que nosotros estábamos dentro de esa lata... estábamos condenadamente dentro... —El joven artillero estaba aún en estado de shock—. Estábamos dentro cuando entró toda esa agua... y nos arrastró.

Hizo una pausa larguísima.

—¿Y luego? —preguntó James.

—Y luego aparecí aquí —respondió Delroy con los ojos inyectados de miedo.

Los cuatro náufragos empezaron a reunir bajo las palmeras lo poco que consiguieron recuperar: una caja de trapos que podían usarse como ropa, un par de bacinillas de estaño, cinco velas, una mecha de candil, un espejo, un pedazo de bandera inglesa, algunos metros de cuerda y un montón de restos de maderas, de barriles, toneles, cajas. No fueron especialmente afortunados con la comida: se encallaron en la arena de la playa solo un barril de leche de coco, una caja de queso, un saco de galletas, que había estado demasiado tiempo en el agua como para seguir siendo comestible, y un pedazo de carne en salazón, que se comieron sin cocerla siquiera. —Solo tenemos que esperar... —dijo Delroy, examinando su exiguo botín— y ya veréis como llegarán más cosas.

James se auguró lo contrario, y cuando advirtió que el mar prácticamente había dejado de arrastrar nuevos restos, cordajes y trozos de barriles, gruñó en voz alta:

—Si no llega nada más, quiere decir que el casco del Esperanza no se ha partido...

—Se ha hundido —dijo Truman, que se había metido en el agua hasta la cintura para recuperar algo que flotaba.

Era el botalón del bauprés.

—Si ha perdido esto, quiere decir que se ha hundido.

Plantaron el botalón en el centro de su campamento y se dividieron para hacer una primera exploración: Delroy y Truman recorrieron un lado de la costa; Junior y James el otro. Al otro lado del promontorio el terreno proseguía uniforme en ambas direcciones. Por lo que podían ver, habían naufragado en una costa de palmeras.

El sol se puso a la izquierda de su posición.

Junior consiguió encender no se sabe cómo un fuego tambaleante, que alimentaron con las pocas maderas que se habían secado al sol. Seleccionaron las últimas galletas comestibles. Se repartieron el queso y bebieron el agua de lluvia que había quedado en los recovecos de las hojas de palma.

No dijeron una palabra.

La noche cayó inundando el campamento de una oscuridad palpable. En el cielo se encendieron miles de estrellas desconocidas. El viento amainó. Se oía solo el crepitar del fuego y la lenta resaca del mar, que arrastraba minúsculas conchas.

Luego, por la parte de la jungla, alguien cortó una hoja de palma.

—¿Habéis oído eso? —preguntó Delroy, alarmándose de repente.

Las brasas del fuego hacían danzar macabras líneas naranjas sobre su rostro alargado.

—¿El qué?

—Es solo un animal —comentó Junior—. No se acercará al

fuego. Pobre niño asustado —murmuró luego, pasando a la lengua tamil.

Hacía mucho tiempo que James no oía pronunciar aquellas palabras. Le respondió en la misma lengua:

—Todos somos niños asustados.

Delroy no se lo tomó bien, y les miró desconfiado.

—¿Qué estáis diciendo vosotros dos, eh? —gritó—. ¿Qué es lo que estáis maquinando?

—Absolutamente nada, Delroy —le respondió James—. Hemos dicho que estamos en una mala situación.

El artillero lanzó, como una flecha, una mirada endemoniada a ambos.

—¿Y quién me asegura que habéis dicho eso de verdad?

—Siéntate, Delroy —le aconsejó Junior.

—¿Cómo dices?

—Que te sientes.

—¿Y desde cuando me das órdenes tú, el guía? ¡Eh! ¡Mírame! Hablo contigo, ¿entiendes lo que digo? ¡Estoy hablando contigo!

—Déjalo ya, Delroy —intervino James—. No ha ocurrido nada.

—¡Anda, mira! ¿Ahora también me das órdenes tú, niño? ¿Qué pasa? ¿Recordáis quien soy yo? ¡Soy el artillero del Esperanza! ¡Soy el primer cargo, aquí! ¡Y tenéis que obedecerme!

El artillero del Esperanza dio una vuelta alrededor de la hoguera para afrontar mejor a sus interlocutores; alargó una mano hacia James, pero Junior se la agarró y se la retorció en la espalda.

Le mantuvo bloqueado en el suelo, con una rodilla entre las paletillas.

—¿Qué haces? ¿Te has vuelto loco? —gritó Delroy, tratando de liberarse—. ¡Basta! ¡Me partes el brazo!

Pero Junior no soltó la presa. Se inclinó sobre el artillero y le susurró imperturbable:

—Ahora te daré dos informaciones muy simples, Delroy... La primera es que no estamos ya en el Esperanza. Y por lo tanto, aquí, ya no eres el superior de nadie. La segunda...

El gigantesco tamil hizo relampaguear una media luna de hierro brillante...

—Es que no todos estamos desarmados.

Acercó la punta del cuchillo a la cara de Delroy, que dejó de golpe de debatirse.

Truman no se había movido de su posición en el otro lado de la hoguera.

—Hazme un gesto de asentimiento con la cabeza, Delroy... —siguió diciendo despacio Junior—. Para que yo vea que lo has comprendido. Eso es... así, muy bien...

Le dejó ir.

Apenas fue liberado, Delroy anduvo a tientas por la arena y retrocedió casi hasta la línea de palmeras.

—¡Estás loco! —balbuceó, cuando se sintió suficientemente lejos del indio.

El guía volvió a guardar el cuchillo entre su ropa y se sentó en su sitio sin decir una palabra.

Se puso a comer de nuevo.

A James le pareció notar que Truman, al otro lado del fuego, estaba sonriendo burlonamente.

Se repitió el ruido de algo moviéndose entre las palmeras.

Delroy, que estaba muy cerca de los troncos de los árboles, gritó:

—¿Quién es? ¿Quién va?

Con gran sorpresa para todos, una figura pálida con las manos levantadas, emergió lentamente de la selva. Tenía la ropa hecha jirones y la única lente que le había quedado en la montura de las gafas reflejaba la luz del fuego.

—¿Y tú quién demonios eres? —preguntó Delroy con los ojos fuera de las órbitas.

—Yo... yo me llamo Neville. Wright Neville... Y creo... que he naufragado con ustedes.

A James casi se le cayó al suelo su bocado de queso.

Wright Neville.

Era el misterioso pasajero del Esperanza.

8

Dejé Inglaterra hace ya más de cuatro años... —explicó el señor Neville, sentado junto al fuego y devorando la última porción de queso—. Y trabajo por cuenta del señor Gray, ¿le conocen? Es el director del Museo de Historia Natural de Londres.

Y como ninguno de los náufragos sabía de qué estaba hablando, el señor Neville continuó:

—Tengo... mejor dicho, tenía, el encargo de asegurar al museo la mayor colección de animales raros que se hubiera visto nunca en Occidente. Animales... pájaros e insectos. Encontré muchísimos insectos, de especies jamás vistas. A-antes de todo esto... yo... pensaba que había hecho un trabajo extraordinario...

Hablaba y comía a la vez, haciendo largas pausas para tragar.

—¿Las cajas que cargó en el Esperanza? —preguntó James—. ¿Era eso lo que contenían? ¿Animales?

—Exacto —respondió Wright Neville. Y luego, sin que se lo pidieran, empezó a decir una lista de nombres, usando una extraña lengua llamada latín.

—Pero usted, ¿qué tipo de persona es, señor Neville? —le preguntó Delroy, al término del relato.

—Soy un naturalista —respondió el señor Neville, recolocándose sobre la nariz su resto de gafas.

Un naturalista era una especie de cazador, pensó James, escuchando y tratando de comprender qué podía ser un museo y quién podía estar interesado en observar la carcasa de un animal muerto.

—¿Y te pagaban por hacer eso? —siguió preguntando el artillero.

—Claro.

—¿Y te pagaban bien?

—No me puedo quejar, yo... acababa de escribir al señor Gray con la intención de que anunciara una gran exposición para finales del próximo año, pero... ahora, con lo que ha ocurrido...

El señor Neville suspiró y dejó de hablar.

James observó que tenía las manos de un color rosado, como las de una mujer.

—Hay algo que no me cuadra, profesor... —insistió Delroy enseñando los dientes.

—Yo no soy un profesor... —empezó a rebatir Neville, pero se dio cuenta de que no era el momento para sutilezas.

—¿Qué es lo que hacías en el Esperanza?

—N-nada importante... —respondió Wright Neville, buscando de forma mecánica la protección de las gafas sobre la nariz—. Yo... solo pedí un pasaje.

—¿Y para dónde? —se entrometió Truman—. Londres está al otro lado, amigo.

—¡Eeeso es! —reforzó Delroy—. Eso es lo que yo quería decir. ¿A qué lindo sitio ibas, profesor?

—No-no creo que ya... sea importante...

—Pues podría serlo, sin embargo —dijo Junior con calma—. Podría serlo y ayudarnos a entender dónde estamos.

—El capitán habló de una misión —intervino James, pero se arrepintió de inmediato de haberlo dicho. Los otros le miraron con curiosidad.

—¿Una misión?

El chico asintió.

—¿Qué clase de misión?

—Eso no lo sé —admitió el chico—. Pero días atrás tuve la oportunidad de oír una discusión entre el capitán y el señor Abraham...

—¿Antes o después de haber cargado las cajas?

—Mucho después —respondió James. Y contó lo que había oído—. Después de Singapur tendríamos que haber ido hacia el este y luego al noreste para llegar a Saigón, sin embargo, hemos estado navegando siempre hacia este-sureste, aunque, naturalmente, no puedo estar seguro... y no tengo conmigo ni los cuadernos, ni un mapa.

—Este-sureste... ¿durante cuántos días? —preguntó el naturalista.

—Tres —respondió James.

—Y luego nos paramos en la isla —recordó Delroy.

—Exacto —dijo Truman.

—Y fue ahí donde desembarcó Abraham. Trataba de convencer al capitán Butler de que no se hiciera a la mar, por la tormenta.

—¿El capitán lo sabía? —preguntó Junior.

—Creo que sí —admitió James.

—Yaaa. Entonces, debía de tener una prisa del diablo, ¿eh, profesor Neville? —intervino Delroy.

El naturalista pareció en evidente dificultad.

—Y-yo... créanme, no lo sé decir, siento mucho lo que ha ocurrido, pero... el museo...

—Aquí los museos no tienen nada que ver, ¿no es verdad? ¿De qué estábamos huyendo, profesor? ¿Qué había dentro de aquellas cajas?

Wright Neville empezó a tartamudear. —N-no, d-de verdad... no tengo ni i-idea...

El artillero fue hacia él, amenazador.

—¿Sabes una cosa, profesor?, yo no te creo. Si estamos en esta situación es totalmente por tu culpa. Y dado que es por tu culpa... ¡tendremos que matarte!

Junior le lanzó una mirada dura, a la que Delroy reaccionó sentándose de nuevo.

—Venga, señor Neville —le exhortó entonces James—. Díganos todo lo que sabe. ¿Adónde se dirigía el Esperanza?

Wright Neville miró fijamente al muchacho con sus medias gafas sanas y lanzó un largo suspiro, que pareció calmarle.

—Está bien. Les diré lo que sé. Total, ya da lo mismo. ¿Estamos prácticamente muertos, no?

—No cuente demasiado con ello —respondió Junior.

—Y en ese caso, tú, desde luego, serás el primero —siguió riéndose Delroy.

Neville trató de ignorarle, pero era evidente que no lo lograba. Su relato procedió con altos y bajos, y con largas pausas.

—Cuando supe de la llegada a Singapur del Esperanza... un antiguo barco militar dedicado al transporte de correspondencia y pequeñas cargas, pensé que era un golpe de suerte. Como les he dicho, hacía ya unos meses que me estaba organizando para enviar a Londres toda la colección para el museo. Y tendría que haberlo hecho: ahora estaría todavía íntegra, pero...

—Prosiga.

—Pero cuando llegó el Esperanza y hablé con el capitán Butler, vislumbré la posibilidad de llevar a término una última investigación.

—¿Qué tipo de investigación?

El señor Neville se tomó todo su tiempo, antes de añadir:

—¿Han oído hablar alguna vez del Rajá de Sarawak?

—¿Sarawak? —preguntó Junior.

—James Brooke —especificó el señor Neville.

Junior prorrumpió en una dura carcajada.

—¡No hay ningún Rajá de Sarawak! —dijo al final—. Y mucho menos uno con semejante nombre. —Tiró un tronco de leña al fuego—. Sarawak es una costa castigada por los piratas... con algunos pueblos a lo largo del territorio, y un interior imposible, cubierto de jungla, mosquitos y sanguijuelas. Nada más —rio de nuevo, nervioso—. Sarawak no existe. A menos que creáis en las leyendas sobre los cazadores de cabezas.

El profesor Neville empezó a frotarse las manos, nervioso.

—Sí, sí. Tienen razón... Hasta hace unos años, quizá... —empezó a responder, impaciente—. Pero las cosas han cambiado. Hoy, hay un rajá. Y es inglés.

—¿Un blanco? —saltó Junior—. ¿Un inglés blanco en medio de los cortadores de cabezas y de los piratas?

—¡Sí! —exclamó Neville, con ojos febriles—. ¡Exacto!

—Imposible —dijo Truman.

—No es imposible. El señor Brooke derrotó a los piratas malasios y tomó el control de la parte norte de la isla. Se dice que fundó una auténtica ciudad, y que tiene barcos maravillosos, los más veloces que hayan surcado nunca estos mares... y que, además, posee un navío de guerra con casco de metal...

—¿Y dónde lo ha encontrado? —probó a interrumpirle Delroy.

Pero el profesor continuó:

—En menos de un año, Brooke ha desbaratado las bandas de piratas, ha hundido sus goletas, y ha hecho que sean seguras las rutas hacia China... Con la condición de que los navegantes transiten por su reino.

—Fantasías —saltó Junior—. Es una leyenda. Una historia inventada. Ese Brooke no existe.

—Les digo que existe —prosiguió Neville—. He leído despachos oficiales que me lo confirman. El Rajá de Sarawak es una realidad, tanto que también su capitán había oído hablar de él.

—James Brooke... —murmuró James—. Se llama como yo.

También Truman, normalmente poco interesado en hablar, preguntó:

—¿Y la misión del Esperanza estaba ligada a este... Brooke?

—Exactamente —confirmó Neville, titubeando—. Teníamos que viajar a toda vela hacia Sarawak, encontrarnos con Brooke y sus hombres, confirmar su existencia y las intenciones y reportar a Londres todas las informaciones útiles.

—Pero esto no explica nuestra prisa de hacernos a la mar.

—Creo que... eso fue también culpa mía —admitió Neville, bajando la cabeza lentamente—. Me temo que hice demasiadas preguntas por ahí y provoqué que se corriera la voz...

—¿Qué significa, profesor?

—Poco antes de que llegara el Esperanza, me habían propuesto viajar en una embarcación de piratas que exploraba la costa meridional. Cuando supieron que había encontrado pasaje para Sarawak, empezaron a seguirnos. Hace tres días, nuestro capitán les avistó mientras bordeaban en alta mar y prefirió hacerse a la mar con la esperanza de ser más rápido que la tormenta. Pero, por lo que se ve, no nos ha ido bien.

—Y con esto te has condenado a muerte, profesor —silbó Delroy.

—L-lo siento —admitió el profesor—. Pero no fui yo quien eligió partir de esta manera.

—¡Piratas! —exclamó Truman—. ¿Alguno de vosotros se había dado cuenta?

Ni Junior ni James habían visto velas sospechosas en el horizonte.

—Entonces, ¿hemos naufragado por... por qué? —se preguntó Delroy furibundo—. ¿Por ir a ver a un rajá blanco? ¿Y adónde?

Junior cogió el cuchillo de su cintura y lo usó para dibujar en la arena. Trazó de memoria, y según los conocía él, los contornos del archipiélago indonesio.

—Con un poco de suerte... y si hemos viajado desde Singapur a la velocidad que ha indicado James durante tres días, puede que nos encontremos aquí... o aquí...

Hizo algunas marcas en la costa septentrional de Borneo.

Permaneció en silencio unos instantes.

—Y si el profesor Neville tiene razón... —añadió Truman— y de verdad existe ese Sarawak, podríamos subir por la costa y... encontrárnoslo de frente.

—¡Y estaríamos a salvo! —concluyó James.

—¿De cuántas millas estamos hablando? —preguntó Truman a Junior.

—De un centenar, por lo menos —calculó James.

—Por la selva.

—Podría llevarnos un mes.

—En realidad, bastaría con que nos mantuviéramos cerca del mar —insistió de nuevo James, siguiendo el perfil de la costa dibujada por Junior.

—No tienes ni idea de lo que estás diciendo, muchacho —rebatió Delroy—. Y en cualquier caso... —escupió en el fuego, haciéndolo chisporrotear— no hay certeza de que estemos de verdad donde habéis dicho... ¿Cómo podemos tener la seguridad de que estamos en esa... Sarawak y no en cualquier otra isla perdida?

—Solo podemos descubrirlo poniéndonos en marcha —le contestó Junior—. Si nos encontramos en una isla, antes o después volveremos al punto de partida.

—Es una locura —declaró Delroy—. No sabemos dónde

estamos, y tampoco sabemos si ese Brooke existe realmente, o es solo una leyenda.

—Existe —insistió Neville.

—Cien millas —recapituló Truman.

—¿Alguna idea mejor? —preguntó James.

—Quedémonos aquí y construyamos una cabaña —dijo Delroy—. Antes o después vendrán a recogernos.

—Perdón, ¿quién dices que vendrá a recogernos? —se rio Truman.

—¡Los del Esperanza!

—El Esperanza se ha ido a pique. He pescado el botalón del bauprés.

—¿Y dónde están los demás? De la misma manera que nosotros hemos llegado aquí, habrá alguno que se haya salvado. ¡Éramos más de cien marineros!

—Ciento diecinueve —precisó James.

—¡Ciento diecinueve, justamente! Quizá... ¡escuchadme! Quizá el Esperanza se halla a la deriva, pero puede que les diera tiempo a bajar las chalupas y...

—¿Por qué no han desembarcado aquí?

—Quizá porque nosotros no estamos en absoluto donde creemos estar, ¡sino en una sucia isla de monos! —gritó Delroy—. Y no hay ningún rajá al que ir a ver... ¡y nadie vendrá a salvarnos!

Empezó a dar patadas a la arena, hasta que él solo se detuvo y se quedó mirando al mar, con los brazos colgando.

—Es como en el libro de Chet —comentó instantes después.

—¿Qué libro? —le preguntó James.

—Ese que narra la historia de un hombre que naufraga en una isla y se queda solo durante años, a punto de volverse loco.

—¿Y cómo acaba? —preguntó Truman.

—No lo sé —respondió Delroy—. Chet nunca lo acabó. ¡Maldito sea!

—¿Qué proponéis que hagamos? —preguntó James, un momento después.

El mar se deslizaba dulcemente por la arena.

—Votemos —propuso Truman.

—Sí, votemos.

—Me parece una buena idea —asintió Junior.

—¿Delroy?

Este se encogió de hombros.

—Yo voto por permanecer aquí y hacernos un refugio. Tenemos leña, algo de comida y...

—Yo voto por ponernos en marcha —le interrumpió James—. Mañana, al amanecer.

Delroy le lanzó una mirada fulminante.

—¿Y hacia dónde irías? ¿Por allí o por allá?

James miró al profesor Neville, que intervino:

—El pequeño estado independiente de Brooke debería encontrarse a lo largo del extremo de la costa noroeste.

—Entonces por ahí —respondió James, indicando la dirección opuesta a aquella por la que se había puesto el sol.

—¡Eh, quietos! —protestó Delroy—. ¿Pero qué clase de votación es esta?

—La mayoría gana —respondió Truman.

Delroy asintió, mirándoles uno a uno.

—¿Qué es lo que gana la mayoría?

—Da tu voto, Delroy —insistió Truman.

—Yo quiero quedarme aquí. Ya lo he dicho.

—Yo estoy con el chico —dijo Neville por el contrario, mientras levantaba la mano.

Delroy le atacó.

—¡Tú no puedes votar, saco de basura! ¡Es culpa tuya que estemos aquí! ¡Solo culpa tuya!

—¡Cállate ya, Delroy! —exclamó Truman—. Él vota como todos nosotros. Un voto por cabeza.

—Claaaro. ¿Aunque sea una cabeza que no querría ni siquiera uno de esos cazadores de la selva?

—Yo también estoy con el chico —declaró Junior.

—¿Cómo? —gritó Delroy—. ¡Pero santo cielo bendito! ¿Os habéis vuelto locos? ¿Queréis seguir los planes de un niñato y de un profesor loco que colecciona animales muertos? ¡Es una locura! La selva... ¡ni siquiera sabemos lo que esconde esa selva! ¡Hay solo monos, y sanguijuelas! ¡No sabemos lo que podremos comer! ¡No tenemos armas para cazar, nada de nada!

—Tenemos el cuchillo de Junior —le recordó James—. Y yo sé trepar a las palmeras.

—Podemos comer cocos —dijo Truman.

—¿Cocos? —repitió Delroy—. ¿Y queréis sobrevivir comiendo cocos durante cien millas?

—Pescaremos —propuso Neville.

—¿Y de dónde sacamos los anzuelos? —preguntó sarcástico Delroy—. ¿O piensas que puedes conseguir coger peces con las manos?

El profesor indicó la carcasa del tigre anclada en la arena junto a ellos.

—La piel de ese animal ha sido fijada con una serie de grapas y anzuelos afilados. Podemos usarlos, y fabricarnos un sedal con una tira de cuero. ¡O bien pescar con mosca, con una pluma de colores o hilos de tela!

—¿Sabéis hacerlo, profesor... —le preguntó Junior— o estáis hablando solo de oídas?

Neville se recolocó las gafas.

—Pues más o menos, señores. Pero... estoy seguro de los anzuelos. Ayudé a montarlos yo mismo.

James se frotó las manos, mientras se ponía de pie.

—¿Y tú, Truman? —preguntó Delroy—. ¿De qué lado estás?

—Somos tres a uno —respondió el africano—. ¿Importa de qué parte estoy?

—Me importa a mí.

—Estoy con ellos —respondió Truman.

9

Se pusieron en marcha al amanecer del día siguiente, sin Delroy. El artillero del Esperanza no quería saber nada de abandonar el campamento y les dejó partir, convencido de que regresarían al cabo de unas horas.

Sin embargo, fue él el que tuvo que rendirse.

—¡Al diablo! —exclamó, cuando comprendió que se iba a quedar solo en aquella playa desierta.

Se colgó los zapatos al cuello y se puso en camino.

James, Junior, el profesor Neville y Truman iban a buen paso, manteniéndose en la línea de la playa. Se habían fabricado unas rudimentarias cantimploras con las cáscaras de unos cocos y las habían llenado al mediodía, cuando empezó a caer una lluvia cálida, perfumada, incesante, que había transformado la arena de la playa en un pantano fangoso.

Al dejar de llover, el clima se hizo aún más tórrido; el aire, denso por la humedad.

Caminaban despacio, bajo las amplias hojas desflecadas de las palmeras y de las arecas.

—Delroy nos está siguiendo —observó James en un determinado momento, cuando advirtió tras ellos la presencia de una figura que caminaba por la orilla, a ocho millas de distancia por lo menos.

Truman chasqueó la lengua entre los dientes.

—Os lo dije, que vendría con nosotros. Le conozco. Es demasiado cobarde para quedarse solo.

Y reemprendieron la marcha.

Por la noche, Delroy se dejó caer junto al fuego, sin decir una palabra. Junior había preparado un pescado en una cazuela utilizando una gruesa caña de bambú, tapada con hierbas. Al acabar la cocción, el bambú se partió, liberando el agua y dejando sobre el fuego solo el pez crujiente.

—¿Cómo lo habéis pescado? —preguntó el artillero del Esperanza.

Se habían fabricado unas lanzas de punta afilada para arponear a las mantas que nadaban en los fondos más bajos. Y el profesor Neville había preparado unos cebos de mosca. Dejaba flotar los anzuelos sobre la superficie del agua, disimulándolos con plumas de colores.

—Es lo mejor que he comido nunca —observó James, mientras mordía el pescado hecho al punto.

—Y todavía no lo has probado con estas... –añadió Junior, aplastando unas hormigas rojas sobre su pescado.

Delroy negó con la cabeza, asqueado.

Truman, sin embargo, lo probó y dijo que las hormigas le daban un cierto sabor a limón.

Los días sucesivos fueron iguales al primero: horas y horas de camino, lluvias repentinas, sesiones de pesca a poca profundidad, o escaladas vertiginosas por las palmeras, para hacer caer los cocos.

Wright Neville y James hablaron mucho. El profesor le preguntó qué hacía en el mar siendo tan joven y James le pidió que le contara cosas de Londres e Inglaterra. Neville le habló de una ciudad maravillosa y febril, llena de actividad, con barcos que subían y bajaban por el curso del Támesis y carruajes lujosos que se cruzaban en las plazas. Describió en tonos fabulosos el alumbrado público de las calles, con los faroles de gas que se encendían automáticamente a la caída del sol, y se refirió a la joven reina que gobernaba todo el imperio. Dijo que era bonito que tuviera solo veinte años.

Y James estuvo de acuerdo con él.

Conversaron sobre críquet y caballos. Delroy les habló de su infancia en la campiña belga.

—¿Y tú, Truman? —preguntó Junior—. ¿Qué hacías antes de ser marinero?

—Hay un mar donde el agua tiene el color de la sangre —dijo el africano—. No sé si habéis oído hablar de él alguna vez.

—¿El Mar Rojo? —preguntó James.

Truman sonrió.

—No. Es el mar de las costas de África en donde capturan a los esclavos. Dicen que la esclavitud se ha acabado. Pero no es verdad. Los árabes me sacaron de mi aldea cuando tenía ocho años. Nos tiraron al agua, y se quedaban mirando a ver quién conseguía flotar. Yo lo logré.

No contó nada más.

Y nadie le hizo más preguntas.

10

El amanecer sorprendió a James en lo alto de una palmera. Se había adentrado unos centenares de pasos hacia el interior, y había trepado por las palmeras buscando un punto de orientación.

Durante la noche había estado escrutando las estrellas a la búsqueda de una geometría conocida, y allí se había quedado dormido, hasta que el canto de mil pájaros le había despertado. Volaban en torno a él en una girándula de colores y estrépito.

Por el lado del mar, la playa relucía en resplandores de color blanco y rosa y las olas rompían tranquilas; en alta mar, despuntaban aquí y allá las aletas de los tiburones; hacia las colinas del interior, se extendía una apretada vegetación, una manta de árboles compactos, sobre la que volaban bandadas de murciélagos de alas grises. Familias de ardillas saltaban de una rama a otra a la luz matutina, e intercambiaban suaves reclamos.

Aguzando la vista contra el sol, James advirtió la presencia de unas extravagantes colinas boscosas de contornos regulares, en forma de pirámides.

Las observó largo rato, con el corazón que le saltaba en la pecho, y luego bajó ágilmente de las palmeras para comunicar a los demás todo cuanto había descubierto.

Corrió descalzo hasta la orilla y gritó:

—¡He visto unas *dagaba*!

—¿Dónde? —le preguntó enseguida Junior.

—¿De qué habláis? —se informó Delroy, desconfiado.

Las *dagaba* eran templos con forma de pirámide, construidos por el hombre. Si las colinas regulares que había visto James eran verdaderamente antiguas *dagaba*... entonces significaba que se encontraban cerca de... algo.

El muchacho trazó rápidamente en la arena un mapa de lo que había visto.

—Vale la pena intentarlo... –observó Junior, arrodillado junto a él—. Podemos seguir subiendo algunas millas por la costa y luego... probar a replegarnos hacia el interior.

—¿Y cómo sabremos cuándo es el momento de girar hacia el interior? —le provocó Delroy.

No fue difícil.

A mediodía encontraron un curso de agua denso y fangoso, que desembocaba en una ciénaga salpicada de cañas, nenúfares y flores de loto. El aire estaba saturado del zumbido de los insectos.

Algunos macacos pescadores les miraban fijamente desde las ramas.

Junior vislumbró un extraño bloque de piedra y empezó a desbrozar con la punta del cuchillo las trepadoras.

—¿Qué has encontrado? —le preguntó Delroy.

Era la estatua de una diosa abandonada en medio de la

vegetación. Los rasgos de la cara estaban borrados por el tiempo y el cuerpo compacto la hacía parecer un gran huevo decorado.

—No sé quién será —murmuró Junior con deferencia—. Pero parece que nos está invitando a seguir.

También en opinión de James aquella estatua era una divinidad guardiana. Su rostro tenía el encanto y el misterio de los milenios.

Los cinco hombres intercambiaron una mirada inquieta.

Y luego entraron en la selva.

Subieron por el curso del río manteniéndose a distancia del agua turbia y amenazadora. Las grandes palmeras dejaron su lugar a árboles de fuste contorsionado, que se alargaban por la tierra empapada. Estaba oscuro, allí abajo, y el sol no lograba a penetrar. El calor, las minúsculas sanguijuelas y la humedad se pegaban a la piel. A cada paso había lianas y espinos dispuestos a arañarles, y la tierra, resbaladiza, era un colchón de hojas marchitas, troncos abatidos y parásitos.

La música de los insectos crecía en intensidad, cambiando la forma del silencio, como para subrayar su lento avance.

Sin hablar, los cinco hombres encontraron los restos de un viejo sendero, cuyos márgenes estuvieron en tiempos delimitados por largas piedras ahora en ruinas, tiradas entre la vegetación.

Se detuvieron frente a un portal de mármol blanco, decorado con esculturas e inscripciones incomprensibles; más allá, al abrigo de las primeras rocas, se entreveía una escalinata abandonada, custodiada por otra divinidad de rostro femenino y sonrisa atrayente.

Vacío.

La selva lo había devorado todo, dejando solo los esqueletos de mármol de la ciudad de los hombres: los arquitrabes, los portales, las escalinatas.

James caminaba con temor, sintiendo lo sagrado de aquella ciudad abandonada. Advertía el paso de los siglos a su alrededor y buscaba retazos de cielo entre las copas de los árboles.

Hizo una señal a Junior cuando alcanzaron la primera *dagaba*: parecía una pequeña colina, pero era una pirámide construida por los hombres. Estaba cubierta de raíces, lianas y tierra.

—No me gusta, este lugar... –murmuró Delroy, mientras caminaban al lado de la pirámide.

Encontraron una segunda, y luego una tercera. Un claro pantanoso era cuanto quedaba de una de las grandes plazas de la ciudad. Vieron otros portales de piedra blanca, pequeñas vallas de bloques cuadrados cubiertas de musgo, ídolos rotos, macizas columnas sobre las que se posaban papagayos de plumaje de color rojo fuego.

James, Junior, Neville, Delroy y Truman caminaban con las lanzas bien sujetas en la mano, confundiendo los animales con fantasmas.

Enormes bloques de piedra. Una pequeña familia de macacos pescadores. Libélulas iridiscentes.

Y una atmósfera opresiva.

—No me gusta este lugar —volvió a decir Delroy.

Y, por una vez, James estuvo de acuerdo con él.

Se detuvieron junto a una gigantesca piscina de granito oscuro, donde habrían podido bajar a bañarse los elefantes de un príncipe.

—Hemos encontrado una ciudad muerta... –dijo James agotado.

—No está muerta —comentó, sin embargo, Wright Neville, con las manos que le hormigueaban por la emoción—. Es más... nunca estuvo tan habitada, en mi opinión.

Observó las burbujas de aire dejadas por los cocodrilos que respiraban en la tibia profundidad del estanque, y la silenciosa multitud de las serpientes y las tortugas escondidas entre las raíces de los árboles. Parecía hipnotizado.

—Solo os digo una cosa: en esta ciudad ha sucedido algo terrible —dijo Delroy, con la voz ligeramente temblorosa—. Así es que, vámonos de aquí.

—¿Justo ahora que hemos encontrado una casa? —saltó Truman—. Mejor dicho, ¿una ciudad entera?

—No me gustan esas caras... –insistió el artillero, indicando los rostros soberbios de los bonzos de piedra de guardia en los templos—. Mejor nos vamos.

—¿Y adónde? —respondió el africano—. Ya es casi de noche.

—Yo no quiero dormir aquí.

—Esos monos se están riendo de nosotros... –intervino James.

—Son *semnopitechi aygula*... –empezó a explicar Wright Neville.

Luego Junior lanzó el cuchillo y uno de los simios cayó al suelo.

—Son cinco kilos de carne —comentó el guía.

Acamparon en un patio descubierto, protegido por un portal de doble batiente, que tenía todavía su armadura de puntas de hierro. En el interior del patio no había nadie, solo silencio, ruinas, árboles secos y esqueletos de plataneros, con las raíces enredadas que parecían largas cabelleras.

En el tenebroso cielo se elevó una luna afilada, de reflejos azules. Junior encendió un fuego para asar el simio, después de haberlo cortado en pedacitos como un conejo, mientras los otros daban vueltas por el patio, dando toques con los bastones a las viejas piedras cubiertas por la vegetación.

La noche llegó con un silencio terrible.

—Hagamos turnos —propuso Truman cuando volvió al fuego. No quería admitirlo, pero aquella ciudad fantasma le producía escalofríos.

No estaba quemada, ni destruida o conquistada por una guerra. Era como si sus habitantes simplemente se hubieran olvidado de ella.

Junior distribuyó las raciones, ensartándolas en la punta del cuchillo.

—Yo haré el primer turno —propuso Delroy—. Total, no voy a poder dormir.

—Está bien —aprobó Junior.

—Pero necesitamos más leña para el fuego.

—Primero come, luego la cogemos.

Así lo hicieron.

Delroy se fue con el profesor, que balbuceaba con avidez los nombres en latín de los animales que encontraban. James estaba demasiado cansado para seguirles. Buscó un rincón del patio que estuviera lejos del calor del fuego, se apoyó en un bloque de granito y escuchó la conversación entre Junior y Truman, bostezando. Le parecía que entre los dos hombres de piel oscura había nacido una cierta complicidad.

—¿Quieres saber mi verdadero nombre? —le decía Junior al africano—. Me llamo Kamalbandhu.

Truman se rio.

—Entonces, prefiero Junior.

—¿Y el tuyo?

James bostezó por segunda vez y no oyó la respuesta de Truman. Volvió a pensar en sus amigos perdidos, en Salvo y en Ciro, en su madre y en la sastrería.

Y se deslizó lentamente en el sueño.

Se despertó cuando aún era de noche.

El corazón le palpitaba. Debía de haber soñado, y debía de ser una pesadilla. Se frotó los ojos y miró las siluetas de los otros, dormidos en el patio. Faltaba uno.

Junior, Truman, Delroy. Faltaba Wright Neville.

Probablemente estaba por allí haciendo su turno de guardia, o bien...

Los sentidos de James se pusieron repentinamente alerta. Le pareció oír el ruido de una campanilla que sonaba delicadamente. Ni demasiado lejos, ni demasiado cerca.

Contuvo un estremecimiento supersticioso, porque aquella campanilla tenía una tonalidad lúgubre.

Y maléfica.

La asoció con los rostros de las divinidades que habían encontrado por el camino y se despertó completamente. Miró a su alrededor buscando al profesor. Pero nada, por ninguna parte.

No le veía.

Y, sin embargo, se oía ese extraño tintineo.

Sus ojos se adaptaron pronto a la oscuridad y le permitieron distinguir con más precisión las siluetas de los árboles, las entradas de piedra y las gradas esparcidas entre la vegetación.

Procedía de aquel lado, más allá de aquellas estatuas.

Hacia las rocas.

James salió del patio y se encaminó por un estrecho paseo, que terminaba entre las raíces de un árbol secular, de corteza blanca. Con el corazón en la garganta, vio una serie de huellas de manos grabadas con hollín negro en la corteza. Las confrontó con las suyas: eran más pequeñas. Manos de niños.

—¿Señor Neville? —preguntó, en voz baja.

Le respondieron los insectos nocturnos y una lejana lechuza.

Quizá estaba soñando todavía, pensó.

El árbol crecía junto al arquitrabe de un templo, también de color blanco. Más allá había una selva de columnas, regulares, cuadradas, extraída cada una de un único bloque de piedra. Tenían grabados misteriosos signos, caras de monstruos y pequeños nichos untados de aceite.

La fila de columnas conducía a una vorágine oscura, una gruta demasiado grande para ser obra del hombre y demasiado regular para que hubiera sido hecha por la naturaleza.

—¿Profesor? —llamó James, al creer advertir un movimiento al fondo del templo—. ¿Es usted?

Se adentró por la columnata y oyó de nuevo la campanilla, esta vez más cerca, procedente de la gruta. Le recordó al sonido que hacían los brazaletes y las tobilleras de la princesita.

—¿Shileily? —murmuró estúpidamente, pero con esa tranquilidad de lo imposible que se tiene solo en los sueños.

Entró en la gruta, descubriendo que era obra del hombre. La roca había sido modelada en bóvedas y arcadas, ennegrecidas por el humo.

—¿Hay alguien? —preguntó James, asustándose del eco de su propia voz. Caminó velozmente hacia la dirección en la que había oído algo. Y se encontró en un amplio patio, bajo los rayos de la luna.

Había llegado a una segunda ciudad excavada en la roca.

James veía los perfiles de torres y grietas, escaleras escarpadas, y luego otros espacios a cielo abierto, cortados en la piedra viva, paredes verticales, con tres o cuatro plantas de galerías superpuestas, columnatas macizas, y estatuas de divinidades de tamaño sobrehumano, que le observaban desde lo alto. Comprendió que había entrado en un lugar sagrado, y sintió el peligro que había en ello.

—¿Profesor? —preguntó, ante el enésimo paso de alguien, o de algo, en las oscuridades perforadas que le rodeaban—. ¿Señor Neville?

Rebuscó en sus bolsillos hasta que encontró un resto de vela y un trocito de pedernal: tras algunos intentos encendió una luz espantosa que alzó por encima de él, luz que en vez de disipar las tinieblas de aquellas tenebrosas grutas aumentó su profundidad. Escrutó en la oscuridad y prosiguió, titubeando, convencido ya de que en aquel lugar no había nadie, cuando apareció frente a él una forma que se concretó poco a poco. Era un dios solitario, de casi diez metros de altura, sentado en un trono. El pedacito de luz de James proyectaba su sombra inmensa, que subía danzando por las desnudas paredes de roca. El rostro del señor de la gruta era de granito negro, los ojos circundados de rojo y las pupilas blancas.

Luego se produjo una especie de estallido repentino, un movimiento de aire y una agitación de alas que apagó la vela. James gritó y se tiró al suelo, mientras sobre él pasaba un vuelo aterrado de águilas, búhos y buitres que hasta su intrusión dormían tranquilos entre aquellas rocas.

Se quedó aplastado contra la tierra, el corazón enloquecido, las manos agarrándose el pelo, hasta que aquella sinfonía de alas, amplificada por las paredes de la gruta, dejó de resonar.

Y cuando se quedó solo en aquel lugar prohibido y todo volvió a quedar en silencio, oyó de nuevo la campanilla, que sonaba a pocos metros de él, en la oscuridad.

James se levantó y avanzó a tientas, animado por una audacia brutal. Palpó los muros ennegrecidos por el humo, y siguió avanzando.

De nuevo la noche, de nuevo la oscuridad, de nuevo los monolitos de piedra.

Y al fin salió a un segundo patio a cielo abierto, con las paredes cubiertas de inscripciones incomprensibles.

Y justo allí, en medio del patio, James se encontró con la mirada de un elefante, que llevaba atada a la pata una campanilla de plata.

11

El chico y el animal estuvieron un buen rato mirándose en el azul de la noche. El elefante tenía solo un colmillo, y parecía encontrarse muy a gusto en la corte estrellada, como si aquellas habitaciones le pertenecieran. Movía la trompa como si estuviera haciendo un hechizo, y observaba al muchacho.

Parecía sabio, antiguo, inviolable en su coraza de piel rugosa. Y también parecía triste, de una tristeza desesperada.

—Lamba Karna, de largas orejas... —dijo James, levantando la mano hacia el elefante—. Apuesto a que tú eres Ganesh.

El hijo de Shiva y de Parvati, el dios de la sabiduría y de la fortuna.

Karimikha, aquel que tiene rostro de elefante.

—Yo me llamo James —continuó el chico bajo la luna.

La fina cadena de la pata del elefante emitió un tintineo.

James sonrió.

—Y hasta donde me es dado saber, no soy ni sabio, ni afortunado.

El elefante balanceó la trompa.

—¿Qué haces aquí? —preguntó James al gran animal.

Los nichos que les rodeaban estaban llenos de hollín espeso, rezumantes de incienso y mirra.

—¿Y quién te ha puesto eso?

La campanilla de plata tintineó.

—¿Hay alguien aquí que te cuida? ¿Sacerdotes? ¿O hay otro poblado, cerca de este? ¿Sabrías guiarme fuera de aquí?

El elefante inclinó la cabeza hacia un lado y luego hacia el otro.

De nuevo James percibió su infinita tristeza.

—¿Qué es lo que te ocurre? —le siguió preguntando—. ¿Te han hecho daño?

El elefante alargó la trompa y James la tocó, acariciándola despacio con la mano izquierda. Era rugosa y cálida.

—¿Hombres malvados? —preguntó el chico.

El elefante se puso rígido y se apartó.

—¿Qué pasa?

Inquieto, el animal empezó a retroceder. La campanilla trinó, argentina y malévola. Y luego, cuando levantó la trompa hacia arriba...

—¡SOCORRO! ¡SOCORRO! —gritó una voz— ¡SOCORRO! ¡QUE ALGUIEN ME AYUDE!

Era inglés.

Wright Neville.

El profesor.

James salió corriendo de las grutas, lo más rápido que podía.

Oyó el rumor de algo que se debatía frenéticamente en el agua.

Y de nuevo aquel grito.

—¡SOCORRO! ¡POR FAVOR!

Después, de repente, nada más.

James corrió con más fuerza aún.

Pasó por las columnas, el árbol de tronco blanco, la avenida de piedra, la gran piscina abandonada y...

—¡Detente! —le gritó Junior, bloqueándole el camino.

Delroy y Truman estaban dos pasos por delante. El artillero tenía las manos en la cabeza y repetía.

—¡Dios mío, no, no, Dios mío, NO!

James se apartó de Junior

—¿Qué ocurre? ¿Dónde está el profesor? ¿Por qué gritaba tanto? —gritó tambaleándose en el borde de la piscina.

—Aléjate del agua —le conminó Truman.

—Han salido, Dios mío. Han salido y... —seguía murmurando Delroy, los ojos inyectados en sangre.

—¿Dónde está el profesor? —insistió James, aunque empezaba a intuirlo.

La superficie de la piscina estaba encrespada por las olas y desde el centro exacto de la poza salían gorgoteos siniestros.

—Allá abajo —susurró Junior arrodillándose en la piedra.

El agua burbujeó. Dos enormes siluetas acorazadas se debatían en el fondo, aplastando y despedazando.

—No puede ser —murmuró James, horrorizado. El profesor era un experto: conocía a los animales.

¿Por qué razón se había acercado a aquella piscina, de noche? James miró a Delroy, que gritó:

—¡No sé cómo ha ocurrido! Hace poco me he despertado y he visto que no estabais ni el profesor ni tú. He venido a buscaros y he visto a Neville arrodillado cerca de la piscina —siguió relatando Delroy—. Le he llamado, pero era como si él no me oyera... Y cuando he llegado... yo... —Delroy empezó a sacudir la cabeza—. He visto a un cocodrilo que salía del agua y lo arrastraba hasta el fondo...

Observaron las minúsculas olas que chocaban en los peldaños.

—Sabía que había cocodrilos, ahí abajo —dijo Truman. Lo sabía perfectamente.

—Quizá justo por eso ha venido aquí —murmuró Junior—. ¿Visteis lo interesado que estaba anoche en esta piscina? Parecía hipnotizado.

Sus gafas con una sola lente subieron, lentamente, a la superficie.

—Oh, Dios mío —balbuceó Delroy, pálido como un muerto.

Se alejó, golpeando con rabia todas las ramas que encontró.

—¡N-no podemos...? —balbuceó James.

—No. No podemos hacer nada —le detuvo Junior, escrutando con desconfianza la vegetación—. El profesor ha muerto.

Truman se hizo una rápida señal de la cruz, y luego murmuró:

—Papa Legba, ábrele las puertas, ábrele las puertas, para que pueda pasar...

Y fue la última cosa que dijo aquel día.

12

La ausencia del profesor se hizo sentir más que su presencia. Los cuatro náufragos se repartieron sus pocas cosas y dejaron la ciudad fantasma sin volver la mirada atrás en ningún momento, sin un comentario o posible cambio de opinión. Cortaron la selva hacia el noreste y, una vez recuperada la costa, la siguieron hasta la noche, deteniéndose solo cuando alcanzaron las primeras escolleras. No tenían ganas de pescar ni de encender fuego y se conformaron con beberse la leche de algunos cocos.

James no les habló en ningún momento de su encuentro con el elefante, hasta el punto de que, tras algunos días de aquella marcha silenciosa, empezó a pensar que ni siquiera había ocurrido.

Hacia la mitad de la segunda jornada de marcha, los pájaros y los macacos se quedaron en silencio de repente entre las ramas de los árboles y los náufragos empezaron a preguntarse la razón.

La costa se había hecho irregular y, donde antes había arena y conchas, ahora había rocas puntiagudas que herían los pies.

Dejó de llover, y el calor se hizo insoportable. Se untaron la cara y los brazos con fango y leche de coco, para protegerse del sol y de las picaduras de los insectos.

Según sus cálculos, habían recorrido no menos de cincuenta millas y no más de setenta, siempre en dirección este-noreste, y habían madurado la razonable certeza de que no se encontraban en un islote perdido en medio del mar, sino en la costa septentrional de Borneo. Caminando en etapas forzadas, estaban convencidos de que antes o después encontrarían un atrincheramiento, un poblado, si no ese increíble reino de Sarawak que el profesor había anhelado tanto.

La tercera noche desde que dejaron la ciudad fantasma fue tranquila. Demasiado tranquila, según la intuición de Junior: la muerte del profesor y aquel insólito silencio de la selva le producían escalofríos.

El guía caminaba con todos los sentidos alerta, a veces anticipándose al grupo unos centenares de pasos, otras veces quedándose detrás de ellos.

En el momento de decidir los turnos de guardia para la noche Junior dijo, simplemente:

—Alguien nos sigue.

Instantes después, añadió:

—He visto la huella de un pie humano. Es más bien pequeña. Pero no pertenece a un niño.

James recordó las minúsculas manos de hollín grabadas en la corteza del árbol blanco, pero no dijo nada.

—¿Indígenas? —aventuró Truman.

—Puede ser.

—¿Quién es? —preguntó Delroy.

—Un iban. O un daiaco —dijo Junior, haciendo una mueca.

—¿Son peligrosos? —intervino James.

Junior se lo pensó un buen rato.

—¿Recuerdas los cocodrilos que mataron al profesor?

James asintió, y a la vez se le cerró el estómago: le ocurría cada vez que volvía a pensar en aquella noche, en los cocodrilos, en las pozas de agua turbia.

—A los daiacos no les dan miedo —terminó Junior.

Al quinto día de haber dejado la ciudad fantasma, a mediodía, superaron un promontorio rocoso y se encontraron frente a un paisaje desalentador.

La costa formaba una enorme bahía, de al menos veinte millas de longitud, mitad rocosa y mitad cubierta por una frondosa selva. Miraran a donde miraran no había más que roca, piedra, árboles y mar.

—Ningún reino de hadas, señores. Y ningún rajá —murmuró Delroy, mientras tomaba un sorbo de agua—. ¿Empezáis a creerme ahora? Estamos caminando hacia la nada. La nada, Caminamos para morir.

—A la muerte se llega vivos —comentó Junior, reemprendiendo la marcha.

—¿Sabes lo que hago yo, con tu bonita filosofía? —escupió Delroy—. ¿Lo sabes?

James indicó un espolón rocoso que se adentraba en el mar como un diente de gigante.

—¡Mirad! ¡Parece un faro!

—Lo parece —dijo Truman—. Pero no lo es.

—Si queremos tener alguna posibilidad de que alguien nos encuentre... —prosiguió Delroy, mirando al mar frente a ellos— tenemos que detenernos.

Junior levantó la mirada y el artillero se anticipó:

—Ya sé que nos están siguiendo, pero... ¡razonad! ¿Qué es lo que pensamos encontrar, más allá de esta bahía? Vamos, decidme de verdad: ¿qué esperáis encontrar?

Ninguno de sus compañeros de viaje le respondió.

—Os lo digo yo, entonces. Otra bahía. Y luego otra más. Y así hasta el fin del mundo.

—Está bien. Nos detenemos —consintió Truman—. ¿Y qué hacemos?

Delroy empezó a asentir, cada vez con más vigor.

—Ahora empiezas a razonar, Truman. Muy bien. Hagamos lo más fácil del mundo...

Indicó el espolón de la roca.

—Encendemos un fuego allá arriba y lo mantenemos encendido como si fuera un faro —continuó Delroy—. Lo mantenemos encendido noche y día, turnándonos. Y si hay un barco, un único maldito barco, que pasa frente a esta costa... un barco inglés, o francés u holandés, de piratas o de vuestro fantástico reino... si hay alguien ahí afuera... el fuego es la única manera que tenemos de que nos vean. Hagamos un fuego en la punta, allá arriba.

Se quedaron todos en silencio, pensando. Habían marchado durante millas y millas a lo largo de una costa infernal, comiendo y bebiendo lo mínimo indispensable para no morir.

Estaban cansados, heridos, agotados. Habían perdido a uno de ellos. Y alguien les seguía a distancia.

Aquel espolón rocoso les pareció una señal. Les dio seguridad, como cuando se encuentra una fortaleza, o un castillo que parece inexpugnable.

—Votemos —dijo James—. Yo propongo seguir adelante —añadió a continuación.

Y, esta vez, perdió.

13

Las golondrinas habían hecho sus nidos sobre el agua y revoloteaban enloquecidas en torno a él.

James se había quedado en la base del diente de roca, allí donde la cresta y la pared rocosa se encontraban. Junior, Delroy y Truman habían trepado a lo largo de un estrecho sendero que ascendía casi en vertical hasta la cima. Caminaban lentamente, reconociendo el terreno.

El viento les remolineaba el pelo y traía consigo gotitas de agua salobre. James respiró hondo y por un instante imaginó que estaba de nuevo colgado de los flechastes del Esperanza, con las velas hinchadas y el horizonte libre. Luego volvió a ver los rostros de los otros chicos: Salvo, Barret, Alvin, Rope... y los demás marineros. ¿Dónde habrían acabado?

Se sintió invadido por una profunda tristeza y por una sensación de fracaso que le hundió. Pensó que se había equivocado en todo y que lo había perdido todo: familia, amigos, incluso sus queridos cuadernos.

Los otros náufragos seguían ascendiendo. El espolón de roca parecía suficientemente grande para albergar a todos y un buen fuego, y el sendero estaba bastante bien trazado.

Un detalle que a James no se le había escapado.

Receloso, el chico se había quedado abajo, para mirar el entorno. Había inspeccionado el terreno escondido por los helechos, apartándolos con un palo: eran más altos que él y tenían las hojas iridiscentes. Rojo oscuro, violeta, carmín, estriadas de blanco como dorsos de reptiles, con manchas como las alas de mariposas. Formaban un laberinto crujiente, que lo ocultaba todo.

James deseó que los otros bajaran del espolón antes de la noche, y empezó a preparar el terreno para el campamento base. Atrajo su atención el lado occidental de la cresta, el que estaba más adosado a la roca: había unas minúsculas grutas excavadas en ella, pequeñas cuevas que parecían guaridas.

Se acercó, abriéndose paso entre los helechos.

Y a medida que se acercaba, su miedo aumentaba: las pequeñas grutas estaban rociadas de cera y ennegrecidas por el humo. Debía de tratarse de nichos votivos. Estaban unidas entre sí por pequeños senderos al borde del acantilado. Pequeñas huellas de manos negras manchaban la piedra como el manto de un tigre.

Cuando las vio sintió que le fallaban las fuerzas.

Las mismas manos.

La ciudad fantasma.

El elefante con un solo colmillo.

—Si quieres ayudarme, Ganesh, es el momento preciso... —murmuró James, poco convencido de sus propias palabras.

Alcanzó uno de los nichos y metió la mano dentro. Rozó algo

pequeño y redondo, lo agarró y... cuando lo miró, gritó, dejándolo caer al suelo.

Era una minúscula calavera humana.

La calavera rodó por las rocas y cayó al mar.

James empezó a retroceder, lentamente, a lo largo de la cresta.

Las mismas manos.

Los nichos.

El hollín.

Millares de minúsculas calaveras.

Que miraban hacia el sol del atardecer.

Un cementerio.

—¡Tenemos que marcharnos de aquí! —empezó a gritar, mientras corría.

Pensó en las calaveras, en el sendero que llegaba hasta la cima de aquella roca, y luego en los patios excavados en la roca de la ciudad fantasma, en las suposiciones de Delroy, en los templos y en los dioses olvidados en la selva, en los cocodrilos que se peleaban por el cuerpo del profesor Neville.

Y pensó que todo aquello era espantoso. Y malvado.

Y peligroso.

—¡Junior! ¡Delroy! ¡Truman! ¡No podemos quedarnos! ¡Vámonos! ¡Junior! ¡Delroy!

El último nombre lo pronunció en voz baja.

Frente a él había aparecido un hombre entre los helechos, y estaba quieto mirándole. Era bajito, de piel verduzca completamente cubierta de tatuajes. Un hueso blanco le atravesaba la nariz de parte a parte y una corona de dientes colgaba de sus orejas. Empuñaba una lanza de punta plana y ondulada, parecida a la cabeza de una cobra.

James se quedó petrificado, demasiado asustado incluso para hablar.

El chico y el cazador empezaron a escrutarse, moviéndose muy despacio, uno delante del otro.

James probó a decir las primeras cosas que le vinieron a la cabeza:

—Amigo... yo soy... tu amigo... ¿sí?

El cazador inspiraba a través de los dientes.

—Yo... tu... amigo... como... elefante... Ganesh, ¿conoces a Ganesh, sí?

El otro dio un paso atrás, se apartó hacia un lado y, casi sin hacer ruido, desapareció entre los helechos.

James se asustó aún más al verle desaparecer que cuando se lo había encontrado de frente. No sabía qué hacer, qué pensar.

Trató de espiar entre la vegetación para intentar entender dónde se había metido.

—Amigo, Ganesh, ¿eh? —se repitió, respirando despacio.

Dio un paso.

Luego algo silbó entre las ramas.

Le dio en la base del cuello, como un pinchazo.

Y James cayó al suelo.

14

Los cazadores de cabezas vivían en casas alargadas, levantadas sobre el terreno como palafitos. El suelo estaba hecho con cañas de bambú, cortadas a lo largo y fijadas a las vigas de sostén gracias a ramas de palma. Entre un bambú y el siguiente había un espacio de un pie. Y en medio de ese espacio era a donde James estaba mirando.

Abrió y cerró los ojos varias veces, tratando de entender dónde estaba y que había pasado.

Oía una voz que hablaba, en inglés, y contaba que había visto cabezas colgando de las vigas: cabezas de hombres y mujeres, con las joyas todavía y el cabello trenzado. Cabezas de guerreros enemigos. Cabezas pintadas de rojo y blanco. Cabezas completamente negras. Cabezas secas. Reducidas. De olor repelente.

—Déjalo ya, Delroy —ordenó Junior, interrumpiendo aquel relato.

James movió los ojos de nuevo e intentó moverse. El pavimento de bambú cedió bajo su peso.

Sintió un dolor fortísimo en la mano derecha.

Estaba atado. ¿Donde se encontraba?

¿Y por qué?

—¿Fry? —le preguntó Junior.

—¿Se ha despertado?

—¡Fry! ¿Nos oyes? ¿James? ¿Giacomo?

La cabeza le retumbaba como una tormenta. Rodó sobre su espalda y tardó muchísimo tiempo en enfocar el lugar en el que se encontraba. Una cabaña de paredes de hojas de palma, algunas esteras, ruido de pollos y de cerdos que se movían bajo el suelo.

Una escudilla de arroz.

—¿Qué ha pasado?

—Nos han capturado y nos han traído aquí —respondió Junior—. A un poblado daiaca.

James hizo una mueca. Le dolía el cuello.

—¿Un poblado daiaca?

—Te durmieron con una flecha de muérdago negro —siguió contando el guía. Luego escupió—. Un tiro de cerbatana.

James abrió la boca de par en par para respirar.

—¿Dónde estamos?

—A media milla del espolón rocoso. Un poblado escondido en la selva. Cien personas, no más. Unas diez casas alargadas...

—Y un pequeño puerto —añadió Truman—. Diez juncos, quizá veinte.

De repente, James se acordó: el hombre que salió de entre los helechos, las huellas de las manos negras en la roca.

—Eran ellos los que nos seguían...

Junior asintió.

—Claaaro —dijo Delroy.

Y quién sabe desde cuándo les estaban siguiendo. Muy probablemente desde la ciudad fantasma.

—¿Habéis conseguido hablar con ellos? —preguntó el chico.

Delroy se echó a reír burlón.

—¡Cómo no, Fry! Hemos tenido una discusión cordial.

James le ignoró, buscando a Junior con la mirada.

—¿Quienes son? —preguntó al guía.

El otro se encogió de hombros. Podían ser cazadores, pescadores, piratas.

—Sean lo que sean, apestan como monos —insistió Delroy.

—Y con toda seguridad no les caemos bien... —añadió Truman, mostrando las ataduras que le ceñían las muñecas.

James se contorsionó en la estera y logró aferrar la escudilla de arroz: tenía un hambre terrible, que le impedía pensar. Empezó a tragar bolitas de arroz compacto y ácido, que le cayeron en el estómago como piedras.

—¿Y en vuestra opinión... qué quieren hacernos? —preguntó entre un bocado y otro.

—Si hubiesen querido matarnos, lo habrían hecho ya —comentó Junior.

—Nos están engordando un poco —gritó Delroy— ¡Nos cortarán la cabeza y la pondrán a secar!

Truman le dio una patada que le hizo callar.

—Yo creo que quieren vendernos —dijo Junior, poco después.

—¿Vendernos? ¿Y a quién?

—A cualquier comerciante de esclavos árabe. O a un pirata chino que ande corto de tripulación.

—Ojalá que fuera a holandeses... —dijo Truman.

—Nooo —escupió Delroy—. Sería demasiada suerte.

—¿Qué peor mal nos puede ocurrir que ser vendidos como esclavos? —preguntó James.

—Siempre pueden convertirnos en nuevas piezas para su colección —gimoteó Delroy—. ¿No sentís ya un hormigueo en el cuello? —añadió riéndose burlón.

—No creas que sería peor —dijo Truman, dejándole sin palabras.

Mucho tiempo después oyeron el sonido de un gong. La casa de bambú pareció temblar desde los cimientos.

Y al sonido del primer gong siguieron otros, más lejanos.

Los prisioneros se despertaron sobresaltados, prestando atención. ¿Qué estaba ocurriendo?

Oyeron unos pasos que se acercaban a la puerta de su celda, un par de órdenes a gritos, luego las cadenas cayendo al suelo.

—*Salama pagui, djamai!* —irrumpió una voz—. *Djamai!**

Y, sin más explicaciones, sacaron de allí a los cuatro a empellones.

* ¡Arriba, prisioneros!

—¡Eh, despacio! —protestó Delroy.

Les empujaron bruscamente hacia delante, tropezando. Una densa niebla impedía ver nada. James volvió a estremecerse por el frío. Distinguió las siluetas de los habitantes del poblado, en procesión junto a ellos.

—¿Qué está pasando? —preguntó.

—¡No lo sé! —respondió Junior.

Los daiacos gritaron algo incomprensible, levantando las lanzas amenazadoramente. «Callaos» tradujo James para sí.

Junior levantó las manos y dijo a su carcelero:

—*Nadai jako iban!*

El rostro del otro se tranquilizó de golpe.

Bajó la lanza y le indicó un estrecho sendero fangoso, que se adentraba en la vegetación.

Junior asintió y avanzó, con James pegado a sus talones.

—¿Qué le has dicho? —murmuró el chico, con cuidado para que no le oyeran.

—No lo sé —respondió Junior sin darse la vuelta—. Me lo enseñó un marinero, creo que es un saludo que trae suerte. ¡Reza para que sea así de verdad!

El sonido del gong retumbó en la niebla, mientras los prisioneros se encaminaban por el sendero. Iban rodeados por una penumbra incierta, atormentados por un constante goteo. Caminaban muy despacio, en una extraña procesión junto a los habitantes del poblado.

Los que no tenían armas llevaban calabazas vacías, mitades de cocos vacíos y esteras de palma.

Alcanzaron en pocos minutos un lago de agua verde esmeralda, vigilado por algunos hombres agachados sobre los talones. En la orilla había un tropel de niños curiosos, que observaban a los prisioneros y gritaban:

—*Hantù! Hantù!**

—Por lo que parece, quieren mantenernos limpios —murmuró Junior, cuando vio a dónde se dirigían.

Entendieron que debía de ser el día del baño colectivo del poblado. Los guardianes controlaban constantemente que no se acercaran cocodrilos. Sentados sobre los talones, masticaban hojas de betel y agitaban las lanzas para comunicarse entre ellos.

Los prisioneros fueron conducidos por el que debía de ser el jefe del poblado.

—*Tuai rumah* —le interpeló Junior.

Y aquel sonrió, la boca roja de tabaco. Soltó una palabra incomprensible y les hizo desnudarse y sumergirse de uno en uno, sin permitirles en ningún momento que se desataran las muñecas.

James saboreó el hielo del agua sobre la piel: se dejó sumergir y cerró los ojos. Se perdió en aquel silencio líquido. ¡Aquella paz!

Le sacaron bruscamente cogiéndole de los pelos y le obligaron a secarse con las esteras de palma. La niebla matutina le mordía

* ¡Fantasmas!

la piel, mientras algunos niños, riéndose, le observaban desde los arbustos.

James miró a Delroy que se estaba desnudando y metiéndose en el agua y comprendió que se reían de la piel blanca de ambos.

Ligeramente tranquilizado por sus miradas, se tumbó en la estera y sonrió. Cruzó la mirada con la de un niño, que no debía de tener más de siete años, y le hizo un gesto con la barbilla.

Quería ser un intento de saludo, pero el otro primero miró a sus espaldas, donde se encontraba uno de los vigilantes, y luego se alejó.

15

El baño semanal era la única ocasión en que les dejaban salir. El resto del tiempo permanecían encerrados día y noche, tanto que costaba trabajo llevar la cuenta de los días. Todo aquello que lograban ver era a través de las fisuras del suelo de bambú, y James pasaba las horas observando los movimientos de los cerdos y de los pollos que escarbaban en la hierba.

Comían dos veces al día: arroz y alguna vez un mejunje de carnes, de las que trataban de adivinar la procedencia: pangolín, tortuga, rana, simio.

El tercer día después del baño, según los cálculos de James, el cuarto según Truman, apareció bajo su cabaña uno de los niños del poblado.

—¡Eh! —le llamó James apenas le vio.

Le había reconocido: era el niño al que había intentado saludar en el estanque.

El niño escapó, pero volvió poco después. Se quedó inmóvil en la esquina de la cabaña, mirando hacia arriba, hacia el suelo.

—Tenemos visita... —susurró James a los otros prisioneros.

—¿Qué hace? —preguntó Junior.

El niño no hizo nada. Se quedó mirándoles con curiosidad,

y luego se marchó, a jugar, o a donde fueran los niños de aquel poblado.

Al día siguiente apartó algo de carne de la comida y, cuando el niño volvió, probó a llamarle para que se acercara.

—Amigo... —le susurró—. Amigo.

No tenía nada para ofrecerle, más que aquellas tiras de carne. Las dejó caer a través del bambú, esperando que el otro entendiera.

Pero el niño se limitó a mirar el bocado que caía al suelo, y a desaparecer de nuevo.

—Bonita manera de tirar la comida, Fry —le dijo Delroy—. La próxima vez, me la das a mí.

Al día siguiente el niño volvió.

Llevaba consigo un poco de betel.

—Es un regalo —intuyó James, cuando le vio mirar a su alrededor, para estar seguro de que no le descubrieran.

Junior les había explicado que el betel, un tipo de tabaco rojo, se utilizaba como moneda de cambio: quien lo poseía estaba considerado más importante que los demás.

El niño metió el montoncito de tabaco entre el bambú y, apenas lo cogió James, se alejó rápidamente.

16

Pasaban los días. Por la noche surgían una sinfonía de grillos y el canto de las lechuzas. De día, el aire era húmedo y asfixiante, y los prisioneros estaban demasiado débiles incluso para tratar de elaborar un plan de fuga. El pequeño amigo de James pasaba de cuando en cuando a verles y se quedaba un rato bajo la cabaña, a veces llevándoles un fruto, otras veces tabaco.

El chico cogía todo y lo ponía a disposición de los demás.

—Eres un chico especial —le dijo Junior una noche.

—¿Por qué? —preguntó él.

—Eres una de esas personas que hacen que las cosas ocurran.

James se sintió repentinamente incómodo.

—¿Y según tú, qué es lo que estoy haciendo que ocurra? —saltó.

El tamil no respondió.

—En realidad, creo que es justo lo contrario —pensó James en voz alta—. Todo lo que quería hacer... me ha salido mal.

—¿Queréis dejar ya de hablar, vosotros dos? —gritó Delroy desde el rincón de la cabaña.

—¿Sabes una cosa, Junior? —continuó James—, la noche en la que murió el profesor... vi a un elefante con un solo colmillo y una campanilla atada a una pata.

—¿Un elefante con un solo colmillo? ¿Como Ganesh?

—¡Es lo que yo pensé también! —respondió James—. Y creí que podía ser una señal de la suerte, solo que... había algo que no cuadraba... Me parecía que estaba muy triste. —James negó con la cabeza—. Traté de acercarme para liberarle de la campanilla... pero no lo conseguí.

Permanecieron un rato en silencio.

—Y creo que ya que no le liberé de aquella campanilla, quizá no hice lo que él esperaba de mí... A veces, todavía oigo esa campanilla —confesó James—. Se ha convertido casi en una obsesión.

Junior no respondió.

Se apoyó en la pared de bambú de la celda y cerró los ojos.

Con el paso de los días, Delroy contrajo la malaria, y la fiebre le hacía delirar. Los otros, desde luego, no podía decirse que estuvieran mucho mejor: James se había quedado reducido a poco más que un esqueleto, Junior y Truman no pronunciaban una palabra desde hacía días.

James llegó a pensar que habría sido mejor morir. Inmediatamente.

Que les hubieran asesinado, quemado, envenenado, que les hubieran cortado la cabeza: cualquier cosa le parecía mejor que la inanición que les estaba consumiendo.

Luego, un día, de repente, cinco cazadores daiacos irrumpieron en la cabaña: gritaron órdenes incomprensibles, les cortaron las ataduras y les hicieron ponerse en pie.

Caminar fue tremendamente doloroso.

Afuera, se encontraron a pleno día y el sol atravesaba los ojos de James como el aguijón de un escorpión.

Fueron tambaleándose hacia el mar, empujados de mala manera. Como en todas las otras ocasiones, el poblado entero parecía haberse puesto en fila para observarles.

Pero había alguien más. James entrevió las formas ofuscadas de dos chalupas de remo de aspecto occidental.

Pero le costaba trabajo enfocar bien, con toda aquella luz y los ojos entumecidos por la penumbra.

¿Quién estaba allá abajo, en la playa?

El corazón empezó a latirle con furia.

—¿Junior? —llamó.

Pero el guía no le oyó, o no le respondió.

A James le pareció reconocer la silueta de un barco anclado en la bahía.

Dos palos, las velas enrolladas y...

—¿Solo ellos? —preguntó un hombre, en inglés.

James trató de distinguir quién había hablado. Miró a su alrededor. La voz de reptil del jefe del poblado respondió que eran ellos en un inglés impreciso.

Ellos cuatro.

—¿Y los otros? —preguntó el hombre que había hecho la primera pregunta.

Hubo un largo momento de silencio. Sin lograr entender, James fue obligado a arrodillarse y bajó la mirada a la punta de sus pies, para no perder el equilibrio.

Entonces, una voz gritó:

—¡Madre misericordiosa! ¡Pero si es Giacomo! ¡Es él! ¡Os digo que es Giacomo!

James la reconoció de inmediato.

Levantó la cara para buscar el rostro del amigo y en ese mismo instante recibió un bastonazo que le dejó sin respiración. Cayó al suelo, percibiendo a su alrededor un movimiento impetuoso. El ruido de armas y cuchillos que se desenfundaban. Y gritos.

—¡Quietos!

—¡NO!

—¡Disparemos!

Luego, todo se convirtió en fragor. Hubo un ensordecedor crepitar de fusiles. El suelo comenzó a vibrar por el estruendo de los cañones.

James mantuvo la cara aplastada contra la tierra. Delroy dio una patada a su carcelero y gritó eufórico:

—¡Mis cañones! ¡Esos son mis cañones!

James vio a Truman, con las manos aún atadas, que saltaba encima de otro hombre y le daba cabezazos.

—¡Giacomo! —gritó Ciro el Grande.

James no tuvo ni tiempo de parpadear cuando notó que le agarraban como una marioneta y se encontró cargado en la espalda de Ciro.

—El Esperanza... —murmuró, notando el agua del mar que le lamía los pies.

De nuevo el estruendo de los cañones. Nubes negras de flechas que llovían sobre el agua a su alrededor. Los gritos de los hombres a bordo. El salpicar del mar.

—El Esperanza... —murmuró James por segunda vez, aferrándose al cuello de Ciro.

—No es el Esperanza, niño mío... —respondió el gambucero de Sorrento—. Pero sirve igual.

Vaya que si servía, pensó James.

Era el barco de James Brooke, el Rajá de Sarawak.

17

James utilizó sus últimas energías para subir por la escala de cuerda y llegar a bordo del buque insignia del Rajá Blanco. En el puente el aire estaba saturado del acre olor a pólvora y por todas partes retumbaban órdenes y gritos. Casi al final de la escala dos robustas manos le agarraron y le tiraron a cubierta como un saco de patatas.

—¡James Fry! ¡James Fry! —le saludó una voz.

Apenas la reconoció, la mente de James se despejó de golpe.

—¡Salvo! —llamó.

Se tambaleó, feliz y confuso al mismo tiempo.

—¿Qué fue de vosotros? —preguntó trastornado.

—¡Es una larga historia, James! —respondió Salvo acompañándole hasta el alcázar de popa.

—Señor Brooke, este es James. El chico del que os hablé —dijo cuando se encontraron frente al capitán del barco.

El Rajá Blanco bajó el catalejo y se dio la vuelta. Era un hombre joven de frente despejada, patillas y pelo encrespado, vestido como un sultán de Oriente, con una casaca ceñida a la cintura por un fajín violeta, en el que llevaba dos largas pistolas con empuñadura de marfil.

Por alguna extraña razón su primer cruce de miradas estuvo

cargado de tensión. Como si los dos, de alguna manera, se hubieran reconocido el uno al otro.

—¿Es que los daiacos te han cortado la lengua, muchacho? —empezó el Rajá Blanco, después de haber mirado de arriba a abajo a ese chico delgado y exánime que acababan de rescatar.

—No, en absoluto, señor —respondió James.

En torno a ellos resonaban con furia los últimos cañonazos. Y las chalupas estaban poniendo a salvo a todos los hombres de la tripulación. James vio a Delroy, en pie sobre la última, maldiciendo, ebrio de alegría, en dirección a la selva.

—Esos salvajes se resisten a morir —siguió diciendo James Brooke, mientras volvía a observar el poblado con su catalejo.

—Nunca como nosotros los ingleses, señor —dijo James.

El catalejo se movió en las manos de Brooke como un punto de interrogación.

—¿Cómo dices?

—He dicho... nunca como nosotros los ingleses, señor.

—¿Eres inglés?

—Sí señor.

James Brooke esbozó una media sonrisa.

—¿Y qué hace un chico inglés en medio de la selva?

—Más o menos aquello que hacéis vos, me imagino: trato de vender cara mi piel.

Segunda parte

James Brooke

1845

El naufragio del Esperanza fue relatado de forma diferente por cada uno de los supervivientes, pero la versión que James Fry transcribió en sus diarios fue esta: el viejo «sexto rango» se había partido durante la tempestad, antes de que el capitán Butler lograra bajar al agua ni una sola chalupa. Mientras las corrientes habían arrastrado a James, Junior, Truman, Delroy y el profesor Neville hacia tierra, Chet Siete Esposas, Ciro y Salvo se habían quedado aferrados a una rudimentaria balsa, en mar abierto, durante un día y medio. Luego habían sido capturados por el mismo barco de piratas que el Esperanza había tratado de dejar a sus espaldas. Eran chinos, con un traductor holandés medio ciego, que les había explicado el motivo de la persecución. Los chinos habían sabido de los contactos entre el profesor Neville y Brooke, y habían empezado a seguirles, convencidos de que el

Esperanza les llevaría directamente a la guarida del Rajá Blanco. Al contrario del capitán Butler, que se había enfrentado a la tempestad en mar abierto, los chinos habían esperado a que pasara en la ensenada, y habían recogido a los pocos supervivientes.

Durante un abastecimiento en tierra, los piratas fueron advertidos de la presencia de otros náufragos dispersados por la costa, pero en el momento de hacerse de nuevo a la mar fueron interceptados precisamente por un barco de Brooke. El hombre al que buscaban les encontró antes a ellos.

Había sido un combate rápido y cruel: los marineros del Rajá inglés abordaron la balandra, liberaron a sus connacionales y dejaron a la deriva la embarcación de los piratas, solo con los muertos a bordo.

Luego había comenzado la caza de los otros supervivientes.

—¡No dejaremos ni uno en manos de esos cobardes! —había exclamado James Brooke.

El tráfico de esclavos seguía siendo floreciente, en los mares del Este. Y él parecía decidido a erradicarlo, o al menos, como sostenían sus detractores, a controlarlo para obtener beneficios.

En cualquier caso el profesor Wright Neville había dicho la verdad: no solo existía James Brooke y había fundado un reino independiente en la costa septentrional de Borneo, sino que ejercía su poder gracias a una nutrida flota de barcos. Había nacido en India, de familia inglesa, se embarcó muy joven, y demostró enseguida de qué pasta estaba hecho.

Constituyó su imperio gracias a una profusa red de intercambios comerciales, potenció la flota de mercenarios e hizo circular leyendas acerca de sí mismo, conscientemente. Las habladurías sobre su fiereza corrían más veloces que cualquier embarcación: se decía que aparecía en su barco de casco de hierro en las noches de luna y desaparecía de día; que era capaz de desplazarse a más velocidad que cualquier otro convoy por los mares de Malasia gracias a sus mapas secretos, y que había hecho un pacto con el diablo para ser inmortal ante las flechas y los disparos de mosquetón.

La verdad es que todo el mundo se quedaba fascinado con él: aventureros y poetas, marineros y bucaneros, comerciantes y contrabandistas.

Y él se fascinaba con todos aquellos que consideraba que eran como él: jóvenes, indómitos y dispuestos a todo.

Como James Fry, por ejemplo.

1

Sobre la hierba revoloteaban innumerables luciérnagas, que competían con las estrellas del cielo. Era un juego de centellas, de resplandores y brillos.

James subió por el paseo de palmeras hasta la entrada del palacio y se hizo anunciar ante el Rajá. Los dignatarios de guardia de la puerta, soberbios con sus turbantes rojos y con los fusiles de repetición en bandolera, le saludaron con un gesto.

—Hola, pequeño capitán —susurraron al inglés más joven de Sarawak.

—Por aquí, señor —le acogió una de las chicas del palacio.

James habría querido decirle que no le hiciera aquella reverencia y que no le llamara señor, pero no quería correr el riesgo de ofenderla. Así, esbozó una sonrisa y la siguió.

Era una joven de piel oscura y cabello muy negro, que parecía deslizarse sobre el mármol. Alcanzó las escaleras del jardín privado del Rajá y le hizo una segunda reverencia antes de marcharse.

James Brooke estaba sentado a la sombra de su árbol favorito: una gigantesca higuera de más de cien años, drapeada con delicadas cortinas de gasa frente al mar.

—¿Me has llamado? —preguntó el chico.

James Brooke llevaba un vistoso turbante de seda y un traje

de terciopelo con botones de diamantes, y daba sorbos de un cáliz de licor.

—Ah, James, eres tú... Ven. Te estaba esperando.

James superó la distancia de piedras blancas que cubrían el jardín.

—¿Todavía andas descalzo? —rio el inglés, apenas se dio cuenta de ello—. ¡Mírate! ¡Vas perfectamente vestido y, sin embargo, no consigues ponerte zapatos! ¿Cómo debo llamarte, rebelde?

—Espíritu libre sería perfecto —sonrió James.

—Siéntate, siéntate por favor. ¿Puedo ofrecerte una copa?

—No bebo.

Brooke sacudió la cabeza como para quitarse un insecto de encima.

—Ah, claro. Una tarde deliciosa, ¿no crees?

James se mostró de acuerdo con él. Se sentó en el borde del cojín, tenso. Y repasó rápidamente el motivo por el que había sido convocado allí.

En los seis meses que llevaba en Sarawak, James había recuperado sus fuerzas gracias a los cuidados y a la alimentación recibida. Con la excepción de un constante dolor en la muñeca que le impedía usar bien la mano derecha, la desgracia del naufragio estaba en gran parte superada.

James Brooke había reconocido en James Fry algo del joven aventurero que él era, y, desde el momento del salvamento, sentía por él una especial simpatía.

Cuando no salía al mar (y durante aquel invierno hizo realmente pocas salidas), se entretenía con él.

Aunque hablasen de temas muy diferentes, la conversación entre ellos se producía siempre en una sola dirección: James Brooke contaba y James Fry lo memorizaba todo. La curiosidad del chico era como una esponja, perennemente sedienta. Y su capacidad de reconocer y retener cualquier mínima información exaltaba la vanidad del Rajá y reavivaba los recuerdos de sus aventuras.

—¿Has acabado el libro? —le preguntó Brooke dando un sorbo.

—Todavía no —admitió James.

Se trataba del diario de los azarosos viajes de un marinero llamado Lemuel Gulliver. Una apasionante lectura que había suscitado en James el deseo de volver a la mar.

—A propósito, de hecho...

James Brooke asintió, haciendo un gesto vago con la mano. Dejó la copa y se alisó el bigote, como hacía siempre que se disponía a decir algo importante.

—Es de esto de lo que querría hablarte —prosiguió.

Lo conseguí, pensó James. Miró el atardecer, con la esperanza de que el Rajá hubiera escuchado sus ruegos.

—Tengo la impresión de que tú no estás apreciando la lectura de Swift como es debido —dijo, sin embargo, el Rajá. Jonathan Swift era el autor del libro de las aventuras de Gulliver—. ¿O me equivoco?

James se sintió trastornado.

—Oh, no, en absoluto. Me gusta muchísimo. Es solo... que no he tenido suficiente tiempo para acabarlo, eso es todo.

—Si uno no encuentra tiempo para leer significa que no quiere encontrarlo.

James resopló.

—Lo sé, tienes razón, pero... tengo ganas de...

—Mira James, no te oculto que tengo muchas esperanzas puestas en ti —le interrumpió el Rajá. Luego, se cerró en un extraño y repentino silencio. James se quedó mirando fijamente sus pies descalzos, a la espera.

—Y creo también que algo te he enseñado, en los meses que has estado aquí.

—Has hecho mucho más: me has salvado la vida.

—No es la vida en sí lo que es importante. Estamos rodeados de millares de vidas. De millones de vidas. Y, sin embargo, no todas tienen la misma importancia.

James empezó a mover las piedras con el pie, molesto por el giro que estaba dando la conversación. No le apetecían filosofías y lecciones de vida. Quería solo volver a la mar, lo antes posible, y con alguna responsabilidad.

—Dame la posibilidad de demostrártelo... —susurró el joven—. Y viviré como tú dices.

Pareció que el Rajá le mirara con ojos ardientes.

—Colócame en cualquiera de tus barcos: un mercantil, una patrullera, uno de reconocimiento —continuó el chico.

James Brooke se estiró del bigote.

—Hace tiempo que me lo pides...

—Exacto —confirmó James.

—Mientras que yo te pido que leas a Jonathan Swift —rebatió Brooke.

—Y Sir Walter Scott, y Daniel Defoe —le recordó James—. Y William Shakespeare.

—*Enrique V*, claro... —murmuró James Brooke, complacido—. Además, ¿como puedes saber lo que es el mando, si no has leído *Enrique V*?

—*Aquel que no desee participar en esta batalla, tendrá de inmediato licencia y pasaporte y dinero para volver a su casa. No queremos que muera con nosotros nadie que tiemble ante la idea de ser nuestro compañero en la muerte* —recitó entonces James, de memoria.

—Continúa... —le invitó el otro James, con los ojos brillantes de la emoción.

El chico apretó sus manos y levantó el tono de voz:

—*Porque aquel que hoy derrama su sangre conmigo será para mí un hermano. Aquel que fue de humilde condición hasta ayer, desde hoy pertenece a la nobleza; y los nobles de Inglaterra que se quedaron en casa durmiendo se maldecirán a sí mismos por no haber estado hoy aquí; y sentirán su nobleza como una nobleza de cuatro monedas, cuando escuchen contar a un hombre cualquiera que combatió con nosotros.*

El Rajá asintió, complacido.

Esperó a que se apagara el eco de la voz del chico y luego, mirándole desde los suaves cojines del diván en el que estaba sentado, le susurró:

—Ni siquiera te has dado cuenta...

Mientras recitaba, poseído por el discurso, James se había puesto en pie.

—Ven conmigo —le ordenó el Rajá de Sarawak.

Atravesaron salones majestuosos, con pavimento de fresca cerámica, y pasaron bajo las girándulas de cristal que colgaban de los techos. Superaron un trono de plata y salones de ébano negro. Pasaron más allá de la gigantesca bandera inglesa, aún sucia por la batalla, que el Rajá había colgado en una pared, y entraron en una gran biblioteca.

Entre aquellos estantes, James se sintió de nuevo presa del desaliento. Pero el gobernador de Sarawak parecía conocer exactamente el motivo por el que le había conducido hasta allí: cogió un volumen de un cierto grosor que estaba tras una rejilla de latón y, después de haberlo sopesado durante unos instantes en sus manos, se lo entregó.

—¿Qué es? —preguntó James.

—Es el libro en el que se explica todo aquello que debes saber.

James levantó la tapa y leyó:

CAPITÁN CHARLES JOHNSON
Historia general de las rapiñas
*y de los asesinatos de los piratas más famosos**

—No comprendo... –murmuró.

—Comprenderás al leerlo. No hay casi nada real, en ese libro, y, sin embargo, es como si nadie hubiera escrito nunca nada más verdadero sobre la piratería. El que finge haberlo escrito tampoco existió nunca y en cambio hoy todos creen en sus hazañas y en lo que cuenta...

—¿Pero, cómo es posible? —se preguntó James—. ¿Cómo se puede creer en un capitán que ni siquiera ha existido?

James Brooke no le respondió, como si tuviera miedo, al hacerlo, de destruir una especie de hechizo.

—Ahora elige otros cuatro libros, James —le ordenó.

—¿Y cómo?

—Usa lo que sabes. Y lo que todavía no sabes.

James comprendió que era mejor obedecer, e hizo todo cuanto se le pedía.

* Charles Johnson es considerado el seudónimo de Daniel Defoe. El título original es *A General History of the Robberies and Murders of the most notorious Pyrates.*

2

Salieron al jardín y, desde allí, se encaminaron a paso ligero hacia el puerto. James llevaba los libros bajo el brazo, agobiado por su peso. El Rajá arrastraba sus babuchas de seda. Pasaron más allá de la fuente, los caballos y los tres majestuosos elefantes del harén y se encaminaron a lo largo del embarcadero. El mar lamía con dulzura los pilotes.

Con gran sorpresa para James llegaron hasta un clíper negro, amarrado en una posición protegida del embarcadero. Era un barco estrecho y cortante, con un cascoque hendía las olas con las velas desplegadas a la increíble velocidad de dieciocho nudos.

Cuatro veces más veloz que los navíos más veloces.

—Dices que quieres hacerte a la mar, James... y quizá sueñas con capitanear un día, uno de estos... —dijo por fin el Rajá de Sarawak. A sus espaldas, una bandada de luciérnagas flotaba en el aire—. Pero no tienes experiencia. Has estado en el mar menos de un año. Y ya has sufrido un naufragio.

James apretó los labios hasta que se le pusieron morados.

—No tienes experiencia, y la necesitas más que ninguna otra cosa. Y antes de que decidas tomar la iniciativa por tu cuenta, embarcándote quizá como polizón en el primer barco de piratas que pase... te presento al Estrella de la Mañana.

Apoyó la mano en el casco, acariciando el clíper como si fuera un cachorro.

—Zarpará mañana en dirección a Célebes, a las órdenes del capitán Moore.

A James le dio un vuelco el corazón. ¿El capitán Moore?

—Partirás con él, y serás su segundo. Será un viaje sencillo, en el que aprenderás todo aquello que consigas aprender.

James abrió la boca de par en par, incapaz de replicar.

—He avisado ya a los hombres de que estén preparados para llevar a tu camarote tu ropa y tus diarios. Pero necesito tu confirmación... —añadió el Rajá—. Esta es la lista de la tripulación.

Le pasó un folio enrollado, y como James tenía las manos ocupadas, tuvo antes que apoyar los libros en el embarcadero. Leyó rápidamente la lista de los marineros. Luego la volvió a leer.

—¿Y bien? —preguntó James Brooke, con curiosidad por aquella extraña espera.

James le devolvió el folio con la mano temblando imperceptiblemente.

—Temo que tendré que rechazarlo, señor —respondió.

James Brooke arqueó una ceja.

El chico suspiró largamente y fingió examinar el clíper.

—En calidad de segundo de a bordo, señor, tendría alguna demanda sobre el personal embarcado.

—¿Demanda? —preguntó el Rajá, estupefacto—. ¿Tú tienes alguna demanda?

—Exactamente, señor. Para ser más concreto querría contar con el señor Ciro el Grande en la gambuza, con los marineros Salvo y Chet, con los señores Truman y Delroy en los cañones, y por supuesto con la experiencia del guía Kamalbandhu, conocido también con el apodo inglés de Junior.

James Brooke estaba perplejo.

—No lo estás diciendo en serio, ¿verdad?

—Nunca he hablado más en serio, señor —replicó James con una sonrisa tímida—. Son seis hombres en total, y son como mis hermanos. Si tengo la posibilidad de decidirlo, no concibo viajar con otros que no sean ellos.

James Brooke pareció incapaz de replicar: no le había ocurrido nunca que alguien osara poner en cuestión sus órdenes. Y jamás habría pensado que sería un muchacho el que lo hiciera.

Lo sopesó con una mezcla de admiración y estupor, y acabó por rendirse ante tanto ímpetu.

—¿Pero, de qué estás tú hecho? —exclamó desordenándole el cabello—. ¡Sube a bordo! Tendrás a tus hombres. Pero... ¡con una condición!

—¿Cuál, señor?

Los ojos de James Fry brillaban de emoción. El Rajá de Sarawak le apuntó con un dedo contra la nariz y le ordenó:

—No te atrevas a volver sin haber leído los libros que has escogido.

3

De manera que así es el camarote de un capitán, pensó James. Era una minúscula habitación con una cama, una mesita, una lámpara de petróleo y un armario en el que apenas cabía un traje de recambio.

—¿Señor? —le preguntó el marinero, que le debía de doblar la edad—. ¿Dónde pongo esto?

«Los diarios», pensó James, dándose la vuelta.

—Ponlos ahí —ordenó.

Luego, cuando se dio cuenta de que el hombre no se marchaba, recordó que tenía que darle permiso.

—Buen trabajo, gracias.

—Gracias a usted, señor.

«Señor», pensó James con un punto de estupor. ¿De qué manera y por qué méritos se había convertido en «señor»? Aún no se lo creía. Debía de ser una broma; y, sin embargo, estaba allí, a bordo del Estrella de la Mañana, y tenía su minúsculo camarote, nuevos cuadernos y una especie de uniforme, con muchas graduaciones...

«Oh, no», se dijo, mirando la ropa limpia apoyada en la cama. Había también un par de zapatos.

Los cogió y los miró dándoles vueltas, aterrorizado. Brillaban.

Duros y fríos. Con una suela tan amenazadora que parecía el filo de un parang.

Se los puso sobre las rodillas y los estudió largo rato, preguntándose si de verdad tendría que ponérselos.

Mientras lo pensaba, le llegaron los ruidos de los preparativos: las últimas cargas en la bodega, los hombres que corrían atareados por la cubierta, las órdenes del capitán Moore y del contramaestre. James se sentía eufórico y asustado al mismo tiempo, porque la verdad era que no tenía ni idea de lo que se esperaba de él.

Se cambió, se puso los zapatos y probó a guardar en equilibrio. Sacó la cabeza fuera del camarote y se quedó desorientado. No estaba acostumbrado a mirar el barco desde esa perspectiva, y se preguntó cuánto tiempo necesitaría para hacerlo.

Salió a cubierta y se quedó inmóvil bajo el sol para gozar del ir y venir de la gente.

Luego, su viejo amigo se paró frente a él, al salir de la bodega.

—¡Salvo!

—¡James!

Se agarraron de los hombros y se miraron fraternalmente, diciéndose más con aquella mirada que con mil palabras.

—¿Pero te has visto? —le preguntó Salvo.

—¿Qué es lo que tengo que ver? —respondió James enrojeciendo.

—¡Pareces de verdad un capitán! ¡Es sorprendente!

—¡Déjalo ya! —se burló James, dándole un ligero empujón.

Recorrieron juntos el puente del clíper, contándose sus últimos meses en Sarawak. James le habló de como el Rajá le había tomado cariño y Salvo del primer viaje que había hecho con los hombres de Brooke.

—No es como servir a los ingleses... —le confesó—. Pero dado que podíamos acabar en manos piratas, ¡no me quejo!

—¿Y los piratas? —le preguntó James—. ¿Encontrasteis más?

Salvo sonrió.

—Ni la sombra. ¿Y sabes por qué?

James negó con la cabeza.

—Porque es como si los piratas fuéramos nosotros. Piratas con bandera inglesa. Y cargados de cañones.

James se sintió desilusionado.

—Y entonces, ¿los nombres que he oído?

—¿Qué nombres?

—Los Asesinos de los Mares, los Tigres de Mompracem, los Bandidos de Kalí, la Flota del Té Negro, el Holandés de los Ojos de Ámbar...

Salvo asentía con cada nombre, y confirmó lo que James ya sabía: eran todos grupos de piratas que combatían entre sí: malasios, indonesios, chinos, europeos que se habían independizado. Y, justamente gracias a sus divisiones, Brooke estaba logrando el dominio de los mares.

Los dos amigos se apoyaron en la borda del barco y miraron hacia mar abierto.

—Ahí afuera hay miles de escollos y de islas perdidas... —dijo Salvo—. Creo que sería imposible conocerlas todas. ¿Pero por qué te lo digo a ti? ¡Eres el segundo de a bordo! ¡Lo sabrás mejor que yo! ¿Has estudiado ya los mapas? —añadió luego divertido.

—No —admitió James, con una sonrisa tímida—. Y no tengo la más mínima idea de cuándo los veré. Mejor dicho: no tengo la más mínima idea de lo que tengo que hacer.

Miraron al capitán Moore, de pie en popa, junto al gran timón.

—Me imagino que tendrás que hablar con él —murmuró Salvo.

—Eso creo yo también —respondió James, decididamente preocupado.

El Estrella de la Mañana zarpó al mediodía, con toda la tripulación en formación despidiendo a los hombres en tierra. James, que se encontraba un paso por detrás del capitán Moore, cruzó la mirada con la del Rajá de Sarawak y le hizo un gesto de despedida, al que James Brooke respondió guiñándole el ojo.

El chico suspiró, tratando de memorizar cada detalle de aquella partida. Le seguía pareciendo un sueño: ¡el mar, al fin!

Las gaviotas revoloteaban entre los palos, escoltando al clíper fuera del puerto. Los marineros subían por los cordajes, desenrollando las velas para que el casco volara sobre las olas. El barco empezó a acelerar, hinchándose de viento, y cogió muy pronto una velocidad fascinante.

James no había experimentado nunca una sensación semejante

y no habría sabido decir cuánto tiempo permaneció en cubierta mirando el mar que se abría y se cerraba a su paso.

—¡Señor Fry! —le llamó al orden el capitán Moore—. Le espero en la cabina de mando.

—¡Sí señor! —balbuceó James—. Voy inmediatamente.

El capitán Moore no era un hombre simpático. Era un inglés de Cornualles, nacido en un pueblecito perdido llamado Kilmore Cove. Según contaba, pertenecía a una familia de grandes viajeros.

Era un hombre de aspecto imponente con una abundante barba blanca, que no dejaba mucho espacio a la conversación. Se dedicó, desde el primer instante, a formar las competencias de James. Ya desde su primer encuentro marcó las reglas de sus lecciones y, a partir de aquel momento, James pasó muchas horas con él en la cabina de mando, aprendiendo a usar un compás y una escala graduada; marcando el rumbo en los mapas, leyendo las cartas náuticas; orientándose con el sextante.

El capitán Moore le entregó su colección de portulanos chinos («No se entiende un solo nombre», confesó, «¡pero los escollos y acantilados están marcados a la perfección!») y las tablas para calcular la latitud. Este último aspecto era particularmente complejo, porque había que medir la altura de las estrellas sobre el horizonte, y a bordo no poseían un reloj suficientemente preciso. Conocer con rigor la hora exacta, aprendió James, era uno de los grandes secretos de la navegación.

La insistencia del capitán Moore con los cálculos se convirtió en una especie de persecución: a menudo James le seguía con un reloj, actualizaba su posición veinte veces al día, marcaba los errores y los corregía, y el capitán no parecía satisfecho del todo en ninguna ocasión.

—Vuelva a calcular dentro de una hora exacta, señor Fry... —le ordenaba, acostumbrándole así a una precisión como poco delirante.

Era tan intransigente respecto al uso minucioso de los instrumentos náuticos como permisivo con la tripulación. A bordo del Estrella de la Mañana no existían todas las formalidades del Esperanza, y el motivo era sencillo: seguían siendo unos ilegales, aunque portaran la bandera del Reino Unido. En la flota de Brooke, no se aplicaba fielmente el rígido reglamento de la marina británica.

La bandera con los seis leones dorados de Inglaterra, el arpa de Irlanda y el león rampante de Escocia ondeaba al viento.

Pero en cubierta, como decía Salvo, seguían siendo una tripulación de piratas.

4

—¡Mirad quién viene por aquí! —exclamó Ciro, la primera vez que James bajó desde cubierta. Le tendió el codo para saludarle, porque las manos, dijo, las tenía demasiado sucias.

James evitó formalidades. Estaba de permiso, sin uniforme y sin zapatos. Abrazó a sus viejos compañeros del Esperanza e intercambió unas palabras con cada uno de ellos, incluido Chet Siete Esposas que en ese tiempo había encontrado una nueva en Yacarta.

No faltaron los relatos: las últimas novedades, las anécdotas, los recuerdos de las aventuras pasadas.

Todo iba bien, pensó James. Todo como siempre. Y, por primera vez desde que habían salido, James se sintió de nuevo en casa. Se dejó convencer incluso para probar un dedo de aquella mezcla de agua y ron que los marineros llamaban grog. Lo escupió inmediatamente, ante la carcajada general.

—¿Y bien? ¿Cómo es la vida en la cabina? —le preguntó Junior, sentándose en el suelo con la espalda entre las hamacas.

—No lo creerás, amigo mío... —le respondió James— pero es tremendamente aburrida.

Y le habló de los relojes haciendo tictac en el camarote del capitán Moore y de las clepsidras que tenía que girar continuamente, de los mapas en los que borraba y reescribía el punto de la noche y el punto del día. Dio a entender que echaba de menos la sencillez de los primeros viajes en la gambuza.

—Yo lo digo siempre —saltó Ciro—, la vida del oficial no está hecha para mí...

—Y tampoco para él, si es por eso... —intervino Delroy.

El artillero belga había sido el único de los viejos amigos que no demostró una gran felicidad por la fulminante carrera de James. Y no trató de disimularlo.

—Así es que te has convertido en el niño mimado del Rajá, ¿eh, Fry? ¿Cómo lo has hecho? ¿Le has tenido que prometer que leerías todos los libros de su biblioteca? —continuó.

Se produjo un silencio repentino bajo cubierta, y muchos ojos se desplazaron hacia James, para ver cómo iba a reaccionar.

Él dejó crecer una espera palpable, y luego contestó:

—Bueno, Delroy... Siento que estés tan celoso. Por otro lado, para ti no hubiera sido posible, dado que ni siquiera sabes leer...

En la bodega serpenteó una risita, y la atmósfera se distendió de golpe. Junior asintió para sí, complacido por aquella respuesta, mientras que Delroy, sin embargo, se enfureció:

—¡Fry, no tiene ninguna gracia! Absolutamente ninguna.

—A mí me parece que sí —replicó el muchacho, con una sonrisa—. Pero quizá me equivoco...

En cualquier caso, el clima fascinante de viejos amigos se había resquebrajado de repente, y James decidió marcharse antes de que se rompiera del todo.

—¡Eso, vuelve a tus aposentos! —le acosó Delroy—. ¡Bufón!

—Vale ya, Delroy... —intervino Salvo.

—James es uno de los nuestros —añadió Truman.

—Estamos aquí gracias a él —terminó Ciro el Grande.

—¡Vaya! —rugió el artillero—. ¿Y qué se supone que ha hecho por nosotros? ¿Demostrarnos su... magnanimidad?

James hizo un último gesto de saludo, mientras Delroy seguía:

—¡No eres un oficial, nunca lo serás! Eres un miserable mozo y tendrías que estar abajo, ensuciándote con la pólvora y el aceite. ¡Métetelo bien en la cabeza, Fry! ¡No eres un oficial!

James le ignoró, pero Delroy insistió:

—¡Antes que obedecer tus órdenes, prefiero acabar como el profesor en la boca de un cocodrilo!

En la cabeza de James se cerró una cortina negra. El chico saltó como una cobra, y antes de que Delroy pudiera añadir una palabra más le dio un puñetazo.

Su mano derecha se abatió sobre la nariz de Delroy con toda la carga de su rabia, y el belga cayó al suelo, estupefacto.

James sintió un dolor fortísimo que le subía por el brazo, hasta el hombro, y tuvo que apretar los dientes para permanecer de pie.

Los otros marineros se acercaron aprisa para separarles.

—¡Me has roto la nariz! —gritaba Delroy—. ¡Me has roto la nariz!

—No vuelvas a decir eso ni una sola vez más, Delroy... —le amenazó James, jadeando—. ¡O te aseguro que correrás la misma suerte del profesor!

Luego se marchó.

Dio un portazo en su camarote y se quedó toda la noche mirando al techo de madera oscura. Intentó escribir unas líneas en sus diarios, pero tenía la mano derecha tan dolorida que no conseguía siquiera sujetar la pluma con los dedos.

—Lo siento... —murmuró.

Pero no pensaba en Delroy. Pensaba en el señor Neville, en los cocodrilos y en los relojes que marcaban el tiempo, haciendo tictac desesperadamente.

5

A la semana siguiente llegaron a Célebes, donde cargaron el té.

James no podía creer lo que veían sus ojos cuando la costa indonesia apareció por el horizonte en el instante exacto en que lo había previsto. Y se sintió eufórico por los cálculos que había hecho hasta ese momento.

El Estrella de la Mañana había navegado a una velocidad sorprendente, como una auténtica flecha de los mares. Y había sido un viaje tan rápido y tranquilo que resultó casi aburrido.

Cargaron la bodega en menos de seis horas y, antes del atardecer, estaban en alta mar, preparados para el regreso. James había ordenado que soltaran las velas y se apuntara el timón a noroeste, en la dirección que creía correcta. Contaba con ahorrarse unas ocho millas en el viaje de vuelta, antes de que cayera la noche.

—Me complace la elección, señor Fry —comentó el capitán Moore, interviniendo al término de sus órdenes—. Habría podido dar una noche libre a los hombres, y, sin embargo, ha elegido emprender enseguida el regreso. Lo comparto.

El viejo marino de Cornualles asintió vigorosamente. Batió la pipa contra el palo maestro para que cayera el tabaco y la recargó con el máximo cuidado.

—Le he observado con atención, en estos últimos días. El señor Brooke no se equivocaba: ha memorizado usted mis enseñanzas, y también todos los nombres de los marineros de a bordo, y parece saber llevar el barco de una manera natural, como si no hubiera hecho otra cosa en su vida. En una palabra, señor Fry, se está comportando de un modo excelente.

James mantuvo la mirada fija en el mar durante todo el discurso, esperando no enrojecer o no perder el equilibrio.

—Le doy las gracias, señor —dijo en voz baja.

Permanecieron en silencio. El capitán se deleitó con un par de profundas caladas, y se relajó.

Luego, el marino de cofa lanzó un grito que les sobresaltó:

—¡Barcos a la vista!

El capitán Moore pasó el catalejo a James.

—Compuébelo usted mismo.

James vio dos *grabs* que navegaban con las velas desplegadas, sin ninguna señal de reconocimiento.

—¿Qué le parece?

James describió las dos ágiles embarcaciones de bambú y luego añadió:

—Creo que nos han visto, señor. Y... me parece que se están alejando.

—¿Los reconoce?

—No. No veo banderas, ni estandartes... Y su línea de flotación es muy baja, como si navegaran a plena carga... ¡espere!

James vio brillar algo en la cubierta de uno de los grabs...

—¿Qué ha visto?

—No estoy seguro, señor, pero... —devolvió el catalejo al capitán—. Creo que están armados, señor.

El capitán Moore arqueó una ceja.

—¿*Grabs* armados?

—Si quiere saber mi opinión —se atrevió James—, pienso que son piratas chinos.

El capitán Moore escrutó las dos velas lejanas. Por el oeste, el sol estaba sumergiéndose en un inmenso abrazo rojo de sangre.

—Creo que tiene usted razón, señor Fry... —comentó el capitán Moore, sin apartar la mirada del catalejo—. Dos *grabs* chinos fuera de zona, con las líneas de flotación insólitamente bajas. ¿Qué propone que hagamos, señor Fry?

—¿Me lo pregunta a mí? —preguntó el chico, sorprendido.

El capitán Moore replegó el catalejo con un gesto brusco.

—¿Hay acaso alguien más a nuestro alrededor, señor Fry?

James irguió el pecho de golpe.

—No, señor... quería decir... claro que no.

El capitán Moore le miraba fijamente, a la espera de una respuesta.

—Ha-hay aún un par de horas de luz... —siguió balbuceando James—. Y si queremos... abriendo el velamen de trinquete... podemos alcanzarles en... —Trató inútilmente de atisbar en el rostro del capitán un signo de aprobación, pero no lo logró.

—¿Me está proponiendo que persigamos a dos embarcaciones sin estandartes y plantemos combate, señor Fry?

—Solo si son... piratas.

—¿Y no calcula que podrían ser muy peligrosos?

James lo había calculado, sí, pero los cálculos habían salido volando ante la posibilidad de una persecución por mar y un ataque.

—Un *grab* no puede tener a bordo más de veinte personas y un par de morteros... —explicó—. Nosotros somos más numerosos y más rápidos.

—Y los hombres necesitan levantar la moral, ¿no cree? —añadió el capitán Moore.

—Quizá sí, señor —asintió James con ardor.

—Está llevando a cabo una adiestramiento completo en un solo viaje, señor Fry... —sonrió el capitán Moore—. ¡Dé la noticia al contramaestre, abra el trinquete y haga que se preparen los cañones! ¡Vamos al ataque!

6

A las armas! —fue el grito que se repitió en la cubierta del Estrella de la Mañana.

—¡A las armas!

En un abrir y cerrar de ojos, cincuenta hombres se situaron en sus puestos de combate, listos para presentar batalla. Delroy y James se reunieron precipitadamente con el capitán Moore, el cual espiaba los movimientos de los grab a los que se acercaban desde la borda de popa.

—Han comprendido que no pueden distanciarse... —dijo el capitán—. Y tratan de atraparnos entre dos fuegos.

—¿Son piratas entonces? —preguntó James, mirando las dos embarcaciones de vela que se separaban entre sí.

—¡Diría que chinos o bengalíes! —respondió el capitán Moore, mientras miraba con el catalejo—. Tienen algunos miriam, cañones de corto alcance que no nos harán mucho daño.

—¿Qué hacemos entonces, capitán? —preguntó Delroy.

—Les abordaremos —ordenó el capitán Moore, con una sonrisa burlona—. Cargad los morteros.

Delroy asintió, sombrío. Lanzó una mirada a James y volvió con sus hombres a inspeccionar los morteros.

A través del catalejo, el capitán advirtió que en las toldillas de los dos barcos reinaba una cierta agitación. Se veía a los marineros atareados construyendo barricadas para protegerse de las cargas de artillería y arrastrar objetos que parecían pesados, a juzgar por el número de hombres que estaban a su alrededor.

El capitán Moore, tranquilo como si el asunto no fuera con él, seguía atentamente los movimientos de los dos veleros, mientras Salvo hacía preparar los garfios de abordaje, de manera que todo estuviera listo para el asalto, en el caso de que fuera necesario.

El clíper se acercó a cuatrocientos pasos de distancia del grab más próximo.

Casi de inmediato se oyó una voz que gritó, en inglés:

—¿Quiénes sois y qué queréis?

El capitán Moore hizo que le pasaran el portavoz. Se lo llevó a la boca rápidamente y respondió:

—¿Quiénes sois vosotros, para hacernos semejante pregunta?

—Barcos del gobierno de Bengala —fue la respuesta.

—Mostradnos entonces vuestras cartas —contestó el capitán Moore irónicamente—. ¿Os negáis a obedecer? Me obligaréis a abrir fuego —añadió al ver que el otro no replicaba.

Un grito terrible se elevó desde las toldillas de los dos barcos:

—¡Kalí! ¡Kalí!

Era lo que esperaban. El capitán Moore desenvainó la cimitarra y la levantó.

—¡Adelante, señores! ¡Enseñémosles de qué pasta están hechos los ingleses! —gritó.

La tripulación del Estrella de la Mañana respondió con un solo grito. Un clamor que hizo estremecer incluso a James.

Retumbó el primer cañonazo. El proyectil, procedente de uno

de los miriam enemigos, rebotó en el casco del Estrella de la Mañana, sin casi dañarlo.

—¡SARAWAK! —gritó el capitán Moore aferrando el timón.

Una descarga de carabinas siguió a su orden. Los ingleses escondidos tras los costados se habían puesto en pie, abriendo un violentísimo fuego sobre la toldilla del *grab*, mientras los artilleros hacían girar rápidamente sobre los pernos los largos y gruesos morteros, para acribillarlo de popa a proa.

Empezaron a caer los primeros hombres y, sin siquiera darse cuenta, James se encontró con una espada en la mano en medio de una granizada de balas y silbidos ensordecedores, que horadaban las velas.

—¡Por Inglaterra! ¡Victoria! ¡Victoria por Inglaterra! —les incitaba el capitán Moore, maltratando el timón.

No había necesidad de alentar a aquellos temibles hombres de mar, envejecidos entre el humo de la artillería y aguerridos por múltiples abordajes. Los mercenarios de Sarawak saltaban sobre los flancos del barco y trepaban por los flechastes para apuntar mejor al enemigo, sin miedo a ser alcanzados; los artilleros, bajo las órdenes de Delroy, destrozaban los palos y la tablonería del velero bengalí con tiros certeros.

El combate acababa de empezar, cuando el segundo *grab* les alcanzó por el lado opuesto.

—¡Orza a banda! —gritó el capitán Moore tratando de virar con un golpe de barra, mientras Salvo, Truman y Junior se lanzaban a babor con un puñado de mosqueteros, para mantener a raya al nuevo adversario.

El Estrella de la Mañana salió fuera de la línea de fuego cruzado de los dos barcos con una maniobra fulminante, se atravesó y empezó a bombardearlos con las carabinas y los morteros. Se defendía de maravilla y tenía hierro y plomo más que suficientes para los dos adversarios.

Delroy, con un disparo certero, partió el palo de trinquete del primer *grab*, haciéndolo caer en cubierta, luego descargó una ráfaga de tiros sobre los hombres que trataban de empujarlo hasta el agua. El capitán Moore, con admirables maniobras, seguía escapando de su ataque cruzado.

—¡Fry! —gritó en un momento determinado del combate—. ¡Venga aquí!

El chico se plantó de un salto en el alcázar.

—Sujete el timón —le ordenó—. ¡A babor, hacia el primer barco! ¡Les abordaremos nosotros antes!

Luego se lanzó a través de la toldilla, gritando con voz de trueno:

—¡Listos para el abordaje! ¡Por la victoria!

James hizo soltar la escota para recoger más viento, luego abalanzó el clíper contra el *grab* más maltrecho mientras Delroy dirigía el fuego contra el otro para tratar de contenerlo.

—¡Fuera las varaderas! —gritó el capitán Moore—. ¡Preparados los garfios!

Algunos hombres lanzaron al otro lado del costado unas gruesas bolas de cáñamo para atenuar el choque; otros recogieron los garfios; el capitán Moore, en proa, siguió ordenando a James:

—¡AVANTE!

El chico agarró el timón con todas sus fuerzas gritando a su vez:

—¡Por Inglaterra!

Y lanzó el bauprés del Estrella de la Mañana entre las jarcias y los flechastes del barco adversario.

El choque fue terrible. Muchos bengalíes, sorprendidos por la maniobra, cayeron al agua cuando el *grab* se inclinó. Los ingleses lanzaron los garfios y saltaron a la toldilla de su barco, cayéndoles encima desde todas partes, desde los flechastes, desde los amarres, incluso desde las vergas. El capitán Moore fue uno de los primeros en abordar, con la cimitarra en la derecha y la pistola en la izquierda. Truman daba saltos y gritaba como no lo había hecho antes en su vida. Delroy seguía ametrallando al segundo *grab*, manteniéndolo alejado.

Los ingleses fueron tan rápidos que se apropiaron del timón enemigo sin necesidad de recurrir a las armas. En un primer momento los bengalíes se dispersaron por la toldilla, pero a los gritos de sus jefes se agruparon y cargaron con las armas en mano. El combate fue muy violento: las cimitarras brillaban y cortaban, los hombres gritaban y caían, corrían ríos de sangre.

James no lograba apartar la mirada. Era un espectáculo terrible y fascinante al mismo tiempo: una danza de muerte y de valor.

Alguien gritó:

—¡Fuego! ¡Fuego!

Y el chico, al fin, se sobresaltó.

Un denso humo salía por la escotilla maestra del Estrella de la Mañana envolviendo las velas y los palos. Un trozo de mecha o alguna tira de tela en llamas debía de haber caído en la bodega y había incendiado el depósito. Salvo gritó algo desde la toldilla del *grab*, pero el fragor de la batalla cubrió su voz.

James no lo pensó un minuto. Dejó el timón al marinero más cercano, y atravesó la cubierta, ordenando:

—¡Rápido, a las bombas!

Miró hacia mar abierto, donde el segundo *grab* se estaba acercando peligrosamente.

—¡Mantenlo a distancia, Delroy! ¡Barre ese condenado puente! —le gritó mientras corría a accionar las bombas.

La mirada de Delroy era salvaje.

—¡No me des órdenes, Fry! ¡Piensa en esconderte!

El belga se inclinó sobre uno de sus dos morteros y lo cargó con proyectiles y clavos, luego miró atentamente al puente del *grab* que seguía avanzando.

—¡Aquí va el tatuaje de hierro!

Hizo retumbar una descarga ensordecedora, y el palo de trinquete del barco enemigo osciló y cayó con un inmenso estrépito de maderas y cordajes.

—*Liberté, égalité, fraternité!* —gritó Delroy embriagado por la batalla.

James accionó las bombas, ayudado por otros dos hombres, ignorando las balas de cañón y los silbidos de los mosquetones que pasaban rozando su cabeza.

El Estrella de la Mañana osciló, tratando de desasirse del embrollo de cuerdas y velas. «¡No!», pensó James. ¡No tenía que virar!

Miró al hombre que había dejado al timón. El capitán Moore estaba gritando:

—¡Al abordaje! ¡Al abordaje!

Desde el segundo *grab*, aunque destrozado por la metralla de Delroy, ¡los bengalíes estaban lanzando los garfios, para saltar a bordo del Estrella de la Mañana!

James desenvainó la espada, pasando a la carga.

—¡POR INGLATERRA!

Los oídos le silbaban y parecía que todo estaba explotando, deslizándose y rompiéndose a su alrededor.

Sin siquiera darse cuenta se encontró cara a cara con un chino que empuñaba un gigantesco parang.

Paró el lance, hundió su cimitarra y le hirió, haciéndole retroceder.

Pero inmediatamente después el otro le asestó un violentísimo golpe en la cimitarra, haciéndola volar de su mano.

Esbozó una sonrisa, que significaba: «¿Y ahora qué piensas hacer, piojo?».

Luego Truman se lanzó entre ellos. Atravesó al pirata de parte a parte con un golpe mortal de espada y le dejó caer frente a James.

El africano parecía un demonio de hollín y sangre.

—Coge su espada —le ordenó—. Y remátalo.

El parang del chino pesaba muchísimo y estaba afilado como una cuchilla.

Remátalo, pensó James.

Coge su espada.

Y sobrevive.

El combate se recrudecía por todos los rincones de la cubierta. El *grab* castigado por el Estrella de la Mañana estaba hundiéndose lentamente, mientras el segundo, con el palo abatido, daba vueltas alrededor del clíper retenido por los garfios.

James saltó de una refriega a otra, moviéndose como un simio.

Asestó golpes y partió espadas, cortó garfios e hirió.

Se detuvo a babor, sin importarle el clamor ensordecedor de la batalla, y se apartó el pelo sudado de la frente, para ver lo que estaba ocurriendo.

Y luego lo vio: un pirata bengalí estaba detrás de Delroy, que le daba la espalda, inclinado sobre el mortero.

—¡Cuidado, Delroy! —gritó James tirándose entre ellos. Pero Delroy no se percató. Encendió la mecha del mortero y explotó con un ruido ensordecedor.

El muchacho se quedó sin aliento, perdiendo el equilibrio. Vio al pirata que levantaba el parang y trató de parar el lance con el suyo.

Desplazamiento de aire.

Corte.

Y la nada.

El chico apenas sintió dolor.

Cayó al suelo, rodando por cubierta.

Luego levantó el brazo y lo miró con estupor buscando la mano que empuñaba el parang. No la vio, pero la seguía sintiendo. Sentía que los dedos estrechaban la empuñadura.

Llegó el dolor, y sintió que le asaltaba una oleada de vértigo.

Desapareció el fragor de la batalla, anulado por el ruido creciente de su corazón.

El humo. La madera. Las cuerdas. El fuego.

«Mi mano...», consiguió pensar. Estaba aún allí. La sentía.

Vio fragmentos de cientos de cosas.

Supo por los gritos que el combate estaba acabando.

Ganaban, pensó.

Pero aquella victoria había resultado demasiado cara.

Delroy había caído a pocos pasos de él. James no había conseguido salvarle.

Lo último que vio fue su mirada extraviada, apagándose poco a poco. Fueron los labios de Delroy, canturreando:

—*Liberté! Égalité! Fraternité...*

Y luego, nada más.

7

La noche y el día remolineaban.

Había olor de medicinas y de gasas.

El agua fría le mojaba la frente perlada de sudor.

La fiebre le hacía hervir la sangre.

Tenía calor.

El fuego.

Recordaba el fuego.

—Hay que cauterizar la herida —dijo el médico de a bordo.

Las brasas rojas y la hoja negra.

—Va todo bien, James... —murmuró Salvo junto a él.

O quizá era el capitán Moore. No sentía dolor.

Ya no.

—¿Los piratas? —murmuró delirando.

—Los hemos hundido. Y tenías razón sobre la carga —dijo Salvo, o quizá el capitán Moore—. Transportaban oro.

Oro.

Una carga de oro.

James sonrió.

Esta vez no había animales rellenos de paja.

Y ningún museo, profesor Neville.

Intentó moverse.

Abrió los ojos pero no vio nada.

¿Dónde estaba?

Era la enfermería del Estrella de la Mañana. ¿Estaba de nuevo en Sarawak? ¿O estaba en Trivandrum, en el templo de Shiva?

«No», se dijo.

Estaba en las grutas de la ciudad fantasma, donde había oído el campanilleo de plata.

Aquella infinita tristeza.

—No lo conseguí... —murmuró. Su corazón latía. Su brazo latía. Su mano latía.

—Yo... no lo conseguí —dijo, intentando moverla para desenganchar la campanilla de la pata del elefante.

—Chist... —le dijo la voz que no lograba distinguir—. No hables ahora. Está bien. Lo conseguiste. Está todo bien.

—No es verdad, no lo conseguí... —siguió gimiendo James—. Tenía que liberarlo.

Eligió caminar, y el profesor murió. Eligió atacar, y Delroy había muerto. ¿Cuántos más morirían, por su culpa?

—Fue la Campanilla... —jadeó James, inmerso en la fiebre—. Todo culpa de la Campanilla... que no conseguí... con esta mano... quitarla... a tiempo...

Tictac.

Tictac.

Sonaba el reloj del capitán Moore.

Tictac.

Tictac.

Sonaba el reloj, en la barriga del cocodrilo.

Y la Campanilla sonaba bajito, en la selva.

Con esta mano...

No...

No lo conseguí...

Pensó James, antes de descubrir que su mano ya no estaba.

1846 – 1852

Un año después, la reina Victoria invitó a ir a Inglaterra a James Brooke. En la madre patria nadie dudaba ya de su existencia, de su flota y de sus habilísimos capitanes mercenarios. El capitán Moore presentó un excelente informe de su segundo de a bordo y James Fry siguió sirviendo bajo sus órdenes durante casi dos años. Se le dio el primer mando cuando todavía no había cumplido veinte años. Y eligió el Estrella de la Mañana.

Era muy joven, pero había cambiado mucho. Las batallas en el mar le habían endurecido y sus ojos azules, que en tiempos recordaban a las nomeolvides, se habían vuelto llameantes. Quien le conocía bien decía que, desde que había perdido la mano, se había convertido en otra persona. Reía y bromeaba pocas veces, no se asombraba ya con la belleza femenina, y sus decisiones eran a menudo feroces.

Cada viaje era un nuevo desafío, dentro de una lucha continua entre él y el mar.

Era como si odiara la idea de haber sobrevivido a aquel primer abordaje. El muchacho soñador que amaba el mar, ahora, lo desafiaba.

Pilotaba el Estrella de la Mañana con una sola mano y con los pies descalzos.

De noche, cuando cenaba con los hombres de su tripulación (raras veces pedía que le sirvieran la cena a él solo en su camarote), contaba cómo habían sido justamente los zapatos los que le hicieron tropezar frente al hombre que le había cortado la mano.

No habló nunca del mortero, ni de Delroy.

Se había hecho atar, en el lugar de la mano, un garfio para coger el timón. Algunos sostenían que estaba clavado directamente en el hueso. Otros, que no era un garfio en absoluto, sino la trompa de un elefante.

Una costumbre, una rareza. O quizá un acto de devoción.

Sus hombres, en cuanto a rarezas, no le iban a la zaga. Según los rumores, el Estrella de la Mañana tenía un contramaestre siciliano que cantaba canciones antes de cada abordaje, un indio tamil que hablaba todas las lenguas del mundo, un africano que murmuraba conjuros antes de pasar por la espada a los prisioneros y un cocinero que desgranaba avemarías antes de sacrificar al cerdo del barco.

Otra habladuría decía que James Fry era el hijo de James Brooke, y que había tomado su puesto. Nada más falso. James no sabía todavía nada de su verdadero padre, y no lo quería sustituir con nadie.

Era un solitario, un ilegal que portaba bandera inglesa sin formar parte de la marina. Alguien que zarpaba cada vez que sentía que en el ambiente flotaba una cierta pesadumbre: viajaba ligero, con una tripulación de absolutos fieles y el barco en movimiento constante.

Patrullaba los mares a la caza de convoys o de otros piratas a los que asaltar. Aparecía y desaparecía como la marea, se escondía en los puertos más inaccesibles del archipiélago indonesio y conocía las corrientes mejor que los delfines.

Era siempre el primero en atacar.

El chico pirata parecía haber descubierto el secreto para navegar contra el tiempo.

El 7 de febrero de 1852, en Hallington, cerca de Newcastle, nació Florence, la sobrina de la reina Victoria. Huérfana de padre y de carácter exuberante, la niña se educó en la corte, junto al primo Edward, hijo de la reina Victoria, que era mucho más tranquilo que ella. Le encantaban los perros, las flores, los pájaros y exploraba los grandes pasillos del castillo de Windsor.

Ese mismo día, en Trivandrum, murió la madre de James.

1

James, ¿eres tú?

Aquella frase hizo que se le helara la sangre en las venas, porque no podía haberla oído de verdad.

¿La había imaginado?

James había aprendido que a veces la imaginación era la manera en que lo invisible trataba de hablarte. Y que los fantasmas más malvados eran aquellos que habían sido olvidados.

Permaneció inmóvil en la puerta de la sastrería.

Dudó.

Como un niño asustado.

A su espalda la luna había transformado la calle en un lecho de plata. Una suave brisa se arremolinaba en sus pies y le traía sonidos, perfumes y recuerdos que creía haber perdido para siempre.

Apoyó la mano en la cintura. En la empuñadura del parang, en el frasquito de pólvora.

Era un pirata.

Ya no era un niño.

La silueta de la máquina automática Thimonnier reposaba protegida por una sábana blanca, como una antigua divinidad a la espera de ser descubierta en su día de fiesta.

Los recuerdos eran como hormigas que trataban de penetrar bajo su piel.

¿Cuántos años habían transcurrido?

¿Cinco? ¿Seis? ¿Ocho?

Era como si hubieran pasado solo unos días. El tiempo se había acortado, como hace a menudo cuando está a punto de asestar uno de sus latigazos.

Dio un paso y entró en la sastrería silenciosa.

Recordaba la posición de cada mueble, y parecía que nada había cambiado. Las planchas de algodón, los rollos de las telas, las dos mesas en las que trabajaban las modistas que ayudaban a su madre.

Dio vueltas por la habitación sintiéndose como un ladrón, acariciando todo aquello que logró acariciar.

Apartó la cortina de la trastienda y llegó al patio.

Había una vela encendida.

Un hombre que le daba la espalda.

Su sombra temblaba en el adoquinado, como si fuera de agua.

—Te estaba esperando... —dijo el señor Lalchand sin darse la vuelta—. Sabía que vendrías.

James se acercó a su padrastro y buscó una silla en la sombra. No quería mirar a la cara al señor Lalchand, y no quería que él le viera.

Se quedaron así, uno al lado del otro, mirando la vela, una

guirnalda de camelias perfumadas y unas cajitas de oro apoyadas en el centro exacto del patio.

Permanecieron en silencio mucho tiempo, gozando de aquella reencontrada familiaridad.

No hacía falta mucho más.

—Te esperó siempre —dijo el señor Lalchand—. Estaba convencida de que volverías, antes o después. No perdió la esperanza de volver a verte hasta el último instante. —El señor Lalchand tosió—. Sus últimas palabras fueron para ti.

James cerró los ojos, desesperado. Las hormigas le mordían la piel.

—¿Recuerdas aún su cara? —preguntó el señor Lalchand.

—La recuerdo perfectamente —respondió James en un susurro.

La llama de la vela se plegó.

Tenía miedo.

—Lo siento —dijo luego.

El señor Lalchand no dijo nada. Soltó una pequeña carcajada.

—¿Eso es todo?

No, pensó James. Eso no era todo. Sentía el agua y el fuego que corrían dentro de él, y el hielo y la piedra que le acorazaban. Pero no sabía cómo decirlo.

—No pensaba que... ocurriría ahora.

—¿Pensabas que tu madre no iba a morir?

—No ahora.

El señor Lalchand se inclinó en la silla, cogió una piedra del suelo y la lanzó contra la llama de la vela, a la que no le dio por un pelo.

—No ha sufrido, si quieres saberlo.

—¿Cómo ha sido?

—Murió mientras dormía, después de contarme una historia. Así, sin ningún aviso previo. Como si, simplemente, hubiera acabado todo lo que tenía que hacer aquí. Y tuviera que comenzar algo nuevo... en otro lugar.

James no creía en el alma, en la reencarnación, en las cosas que se iban para después regresar. Pero no lo dijo, porque le pareció cruel.

—Le hicimos un funeral la semana pasada —continuó el señor Lalchand—. Vino toda la ciudad.

—He venido en cuanto me he enterado —se justificó el chico.

—Cuando ya no hace falta —comentó el padrastro con sequedad.

James suspiró. ¿Qué más podía decir?

El señor Lalchand volvió la cabeza hacia él, tratando de reconocer su rostro en la oscuridad.

—¿En qué te has convertido? ¿Qué haces? ¿Dónde vives?

James le habló de Brooke, usando pocas palabras.

—He oído hablar de ese inglés —comentó el señor Lalchand—. ¿Qué tipo es en realidad?

—Es una persona solitaria... —respondió James—. A la que le cuesta trabajo encontrar a alguien en quien confiar.

—¿Y ese alguien serías tú?

—Me ha dado un barco, las reglas para guiarlo y sus mejores libros —respondió James evasivo.

—¿Y tú qué le has dado a cambio?

James dejó vagar la mirada a la luz de la vela.

—Esto —respondió levantando la mano derecha.

—Debería decirte que lo siento, creo —murmuró el señor Lalchand—. O por el contrario debería echarte a patadas de casa. Debería recordarte cómo nos traicionaste y ofendiste.

James se puso rígido, escondiendo de nuevo la mano bajo la capa.

—Pero la verdad es que no siento nada por ti —concluyó el dueño de la casa.

James dejó junto a las velas una bolsa de piel que contenía sesenta libras esterlinas. Lalchand ni siquiera se dignó a mirarlo.

—Afortunadamente, ella ya no está, Jammy —dijo—. Porque esto no te lo habría perdonado nunca. Coge eso.

—No tenía otra manera —dijo James—. No me escuchabais. ¡No queríais oírme!

El señor Lalchand se puso de pie, tiró al suelo la bolsa de un manotazo y cogió una caja que estaba justo detrás.

—Escúchame tú, ahora.

El viejo campesino quitó la cera fundida de la tapa, antes de abrirla.

—Te lo contaré solo una vez. Después de lo cual, tú y yo no volveremos a vernos nunca más.

Entregó la caja a James.

—Vamos, ábrela.

James vaciló. Tuvo que colocar la caja entre sus rodillas para poder abrirla con una sola mano.

—¡Ábrela, muchacho! ¡ÁBRELA! —gritó el señor Lalchand. Estaba llorando.

En la caja había un cronógrafo, un reloj envuelto en un pañuelo manchado. Era un objeto de una hechura finísima, con la caja de oro y la esfera perforada por millares de mecanismos microscópicos.

Estaba parado.

En la parte de atrás de la caja, totalmente labrada con motivos florales, había una frase grabada, que James murmuró entre los labios:

Para Su Majestad,
el rey Jorge IV de Inglaterra

—¿Qué significa? —preguntó, mientras un largo estremecimiento le recorría toda la espalda.

—Tu madre quería que lo tuvieras.

—¿Por qué?

—No me lo preguntes, no lo sé—le interrumpió el señor Lalchand—. Pero me pidió que te contara, si volvías, que ese reloj es de tu padre. De tu verdadero padre.

«¿Mi verdadero padre?», se preguntó James, observándolo. ¿Su padre era relojero? ¿Y qué tenía que ver con el rey de Inglaterra?

¿Y por qué estaba envuelto en un pañuelo sucio? ¿De qué eran las manchas? ¿De sangre?

La cabeza empezó a darle vueltas.

—N-no es posible que te dijera solo esto... —balbuceó—. ¡Debió de decirte algo más!

—Quizá se lo podrías haber preguntado tú —dijo el señor Lalchand alejándose—. Solo si ella te hubiera importado un poco...

Se encaminó hacia las escaleras que llevaban a los dormitorios.

—¿Adónde vas? —le preguntó James con la voz rota.

—A dormir.

Los escalones de madera crujieron.

James tenía todavía la caja entre las rodillas.

—¡No puedes irte de esa manera! —protestó.

Y entonces el señor Lalchand se detuvo.

Se apoyó en la barandilla y susurró, simplemente:

—¿Precisamente tú, me lo dices?

2

James salió de la sastrería y se puso a vagar por las calles de Trivandrum. Pero no volvió al carruaje que le estaba esperando a unas manzanas de distancia. Ni se hizo llevar a la costa, donde Salvo y los otros le esperaban para volver al clíper, anclado en alta mar, en un pozo de oscuridad.

Se metió por las callejas del barrio para llegar a las avenidas de las palmeras y, desde allí, subió hacia el palacio del Marajá. Caminaba y doblaba esquinas a paso ligero, sin cometer un solo error, recordando perfectamente la topografía de aquella ciudad.

Apretaba bajo la ropa la caja dorada y el misterioso reloj, incapaz de darse una respuesta a las mil preguntas que le asaltaban.

¿Por qué su madre no le habló nunca de ello? ¿Y por qué no le dijo nunca una palabra sobre su verdadero padre? ¿Fue él quien los mandó tan lejos? ¿Y por qué?

Qué tontos habían sido al no hablar nunca sobre ello, al mantenerlo todo en secreto. Al pensar que lo harían en el momento adecuado. No existía el momento adecuado. La vida era una sucesión de momentos equivocados. Uno tras otro. Y los resplandores que de vez en cuando se filtraban eran solo las chispas de un eterno choque de cimitarras.

James estaba furioso consigo mismo.

«¿Cómo he podido?», se preguntaba, ahogado por la angustia de todo aquello que no se habían dicho nunca. No volvió a recoger a su madre, como siempre soñó hacer. Y nunca la llevó de nuevo a Inglaterra.

¿Por qué?

Llegó hasta el portón del parque zoológico y vio que estaba cerrado: recorrió todo el recinto del parque pero no encontró la más mínima apertura entre aquellas rejas.

De manera que las saltó, como un bandido cualquiera, y se adentró en la espesura de la vegetación y de sus recuerdos.

La memoria salió a flote en fragmentos, como los restos de un naufragio. Reconoció los senderos, los templetes, la terraza, y una de las entradas al claro secreto, donde se veía con la princesita Shileily. Quién sabe lo que habría sido de ella, si vivía aún en palacio o se había casado con un príncipe del desierto.

—Tenía que haberte llevado lejos entonces... —pensó rabioso.

Quizá no estaba todo perdido. Quizá podía aún... ¿verla?

Se metió bajo los árboles, apartando con dificultad los arbustos y las espinas. Había crecido, pero no lo quería pensar: su corazón latía enloquecido. Estaba marchando a etapas forzadas contracorriente. Estaba tratando de volver atrás, a cuando era niño, y, si lo conseguía, si volvía a encontrar aquel lugar secreto y a la princesita Shileily y sus inocentes conversaciones de niños, si llegara hasta allí, quizá, todo volvería a ser como era.

Y entonces James se despertaría, justo allí, en el parque, descubriendo que todo había sido un sueño, que acababa de entregar la chaqueta del señor Humble y que simplemente tenía que regresar a casa, antes de que su madre se preocupara.

Que era solo un niño perdido.

Y que para los niños perdidos tanto da si el que los ha perdido es el rey de Inglaterra.

O el señor Lalchand.

O el señor Brooke.

Solo quería que todo volviera a ser lo que era. Su sitio secreto. Su infancia. Su mano.

Se tiró al suelo, sin aliento, y permaneció así, jadeando sobre la hierba húmeda.

Las plantas trepadoras temblaban en torno a él, como serpientes.

No lo conseguía. No conseguía volver ahí. No podía estar seguro de que aquel fuera exactamente su sitio secreto. Era un claro igual a otros mil claros escondidos.

Miró el reloj de su padre. Las manecillas estaban paradas en las tres y cincuenta y dos. ¿Las tres y cincuenta y dos de qué día?

¿Y por qué no había manera de darle cuerda?

Un reloj como aquel no le servía para nada. James necesitaba un reloj que anduviera al contrario. Pero aún no se había inventado.

Así, salió fuera de los arbustos hiriéndose y cortándose la cara, y empezó a correr por el parque, hacia el palacio del Marajá.

Podía hacer cualquier cosa, o ninguna. Atravesó un paseo y se desvió por un pequeño sendero. Se sumergió sin siquiera advertirlo en la oscuridad más profunda. Un zona silenciosa, vibrante de grillos.

Redujo la carrera.

Trató de calmarse.

«¿Qué debo hacer?», se preguntó.

Y entonces se dio cuenta de que alguien le estaba observando.

El tigre estaba inmóvil tras los barrotes de la jaula, con los ojos desorbitados. Enormes.

Era el tigre que James siempre había intentado ver.

Y que siempre pensó que no existía.

Salía solo de noche, cuando nadie lo podía observar.

Aquellos ojos enormes, que parecían de cristal.

James recordó el naufragio, se acercó a la jaula, y el tigre no se movió. Le enseñó los dientes y bufó.

Pero no se movió.

—Yo te comprendo... —murmuró el muchacho—. Sé cómo te sientes. Los dos estamos enjaulados. A ti te han cortado las garras. Y a mí...

Levantó el garfio y se lo mostró. Quería que le reconociera.

El tigre bufó.

James sonrió.

Luego desenfundó el parang y golpeó con todas sus fuerzas la cerradura de la jaula. El choque de hierro contra hierro hizo saltar una descarga de chispas rojas.

La puerta se abrió.

—Ven —dijo James—. Vámonos de aquí.

Esparció por el suelo la pólvora de su saco, corrió luego hacia las otras jaulas, las abrió de par en par y las rompió.

Y cuando estuvieron todas abiertas, encendió la mecha.

—¡A las armas! ¡A las armas! —gritó la guardia del Marajá, pero James no escapó.

Se quedó observando a las gacelas que corrían por los paseos; olfateó el olor de las primeras llamas que se levantaban entre los árboles; escuchó el estrépito de los monos y de los pájaros, despiertos repentinamente.

—¡NO SOY NADIE! —gritó con los brazos levantados hacia el cielo—. ¿ME OÍS? ¡YO NO SOY NADIE!

Las llamas prendieron rápidamente y se movieron como una nube. Las hojas crepitaban. El parque se quemaba, y, con él, cualquier posibilidad de volver atrás.

Ardía su pasado, y sus recuerdos.

—James Fry no es hijo de nadie... —repitió, la piel iluminada por las llamas.

«¿Y entonces quién eres? ¿Quién soy?»

Respiró hondo, antes de darse la única respuesta que podía aceptar.

—Yo soy un pirata. Soy un pirata. Soy un pirata.

Y lo repitió hasta clavárselo en el fondo del alma, con la voz ennegrecida por el humo.

Y luego desapareció.

3

Y tú quién eres? —preguntó el doctor a la niña de pelo rubio que había aparecido frente a él.

Parecía una muñeca: los ojos verdes, el pelo clarísimo y un vestido plisado.

El doctor le sonrió. Cruzó las manos en la espalda y prosiguió:

—¿Qué haces aquí arriba?

Se encontraban en uno de los pasillos del segundo piso del castillo de Windsor. El doctor, como en muchos otros veranos, era un invitado de la corte real. Un privilegio que adquirió muchos años antes, sirviendo fielmente a la Corona, y a sus complots.

No ejercía desde hacía años y vivía sobre todo de pequeñas rentas y de algunos libros que había publicado para el nuevo curso de medicina de la Universidad de Oxford. En Windsor todos le saludaban y le ignoraban con el mismo garbo, cosa que le proporcionaba una cierta libertad de acción y de anonimato.

Paseaba por los pasillos por simple entretenimiento. En ocasiones sucedía que captaba por casualidad una conversación o descubría pequeños subterfugios con los que a menudo bromeaba con la reina Victoria. A veces se paraba a observar los grandes retratos colgados en los salones, fantaseaba sobre el contenido de los mil pequeños cajones de los muebles chinos de laca y esmalte.

Hablaba con la reina, que con el paso de los años se había hecho cauta y desconfiada. Desde que murió su marido empezó a usar solo vestidos negros, y fue apodada con el sobrenombre de la Viuda de Windsor, ya que casi nunca salía del castillo.

El doctor era el último que quedaba de los viejos conspiradores del rey Guillermo. El rector de Eton había muerto hacía poco.

Del cielo caía una densa lluvia, que sabía a fin de los tiempos. El siglo se estaba acabando y, como todas las cosas que terminan, se había hecho gris. Pero el doctor no se quejaba: prefería haber vivido en una época bien precisa, con sus intrigas y sus defectos, en lugar de encontrarse oscilando entre dos siglos diferentes, como un trozo de ternera en el gancho de un carnicero.

Aquella imagen, naturalmente, se la había sugerido el rector.

La niña que apareció de repente frente a él era muy guapa, y tenía las rodillas peladas.

El doctor se agachó (descubriendo que sus rodillas crujían) y le preguntó, por tercera vez:

—¿No quieres decirme quién eres?

Ella se puso colorada y empezó a negar con la cabeza, tímidamente.

En la mano del doctor apareció entonces un caramelo. La niña intentó cogerlo, pero el doctor lo apartó en el último momento.

—¡Ah, no! —añadió—. Antes tienes que decirme cómo te llamas.

Ella resopló, divertida. Era evidente que si todavía no había hablado era porque temía ser castigada. Pero aquel señor tan divertido, que iba por ahí con azucarillos en los bolsillos, le inspiraba confianza.

—Florence —respondió, con voz cristalina.

—¿Florence Florence? —repitió el doctor.

Ella asintió.

—Toma el caramelo, Florence Florence.

El doctor se levantó, apoyándose luego las manos en los riñones.

—Florence... Florence... ¡pues claro! Creo que sé quién eres... eres la pequeña Trevelyan, ¿verdad?

Ella asintió de nuevo.

—¿Y qué haces aquí, Florence Trevelyan?

—No hago nada —respondió ella, pero demasiado precipitadamente, como para no esconder algo.

El doctor notó que una de las puertas que daban al pasillo estaba entornada. Se acercó a ella.

—Apuesto... —empezó a adivinar—, ¡a que acabas de salir de ahí!

—¡Sí! —respondió la niña.

—¿Y qué hacías ahí? ¡Está todo oscuro!

—¡A mí me gusta! —declaró—. Me gusta la oscuridad.

El doctor se rio. ¡Qué niña tan curiosa! Tenía unos ojos espléndidos, y una nariz que parecía hecha por un pastelero.

—He ido a buscar cosas viejas —siguió explicando Florence.

Y luego, caminando con el doctor, le contó un extraño juego que hacía con su primo: los dos niños paseaban por el castillo buscando pequeños objetos perdidos, que luego coleccionaban. Para seguir encontrando nuevos, se metían incluso en las habitaciones más apartadas, en las cocinas y en las buhardillas, donde tenían que tener mucho cuidado para que los adultos no les descubrieran.

Era un juego muy divertido, convino el doctor.

—¿Y hoy, has encontrado algo? —le preguntó mientras empezaban a bajar por la escalera.

—Si te lo digo, pierdo el juego... —le recordó la niña.

—Vamos. No se lo diré a nadie.

—¿Prometido?

—Prometido —se rio el doctor.

—¿Prometes que si lo dices te mueres y que cuando me lo hayas prometido me darás otro caramelo?

El doctor aceptó, divertido, y, mientras ella chupaba el caramelo, trató de imaginar cuántos años tendría. ¿Cinco? ¿Seis?

—¡He encontrado esto! —confesó Florence, a final de la escalera.

Al doctor se le paró un instante el corazón.

La niña tenía entre las manos una minúscula llave de oro, delicadamente labrada.

Él la tomó con cuidado entre sus dedos y le dio vueltas, a contraluz, observando los motivos cincelados.

—¿Dónde la has encontrado?

—Estaba debajo de la cama... —dijo la niña.

Pues claro, pensó el doctor, ¿dónde podía estar si no? Él la había buscado durante días enteros. Semanas.

Y ahora aparecía, después de veinte años, para acabar en manos de una niña. Que se la enseñaba a él justamente.

Una insólita broma del destino... ¿o qué?

—¿Me la devuelves? —preguntó Florence, dándose cuenta de que aquel señor con bigote se estaba quedando demasiado tiempo su tesoro.

El doctor pensó rápidamente qué era lo mejor que podía hacer.

—¡Pues claro! —le contestó—. Aquí la tienes... pero ten cuidado —bajó la voz—, ahora me toca a mí confesarte un secreto. La llave que has encontrado es muy valiosa.

—¡Lo sé! —respondió la pequeña Florence.

—Llévala siempre contigo y no le cuentes a nadie, pero a nadie en absoluto, que la has encontrado.

La boca de la niña se curvó y se entreabrió.

—¿Por qué?

—Porque este será un secreto entre tú y yo... —concluyó el doctor, cerrando la mano de Florence que contenía la llave—. Guárdala muy bien y no hables de ella con nadie. Ni siquiera con tu primo. ¿De acuerdo?

Ella asintió.

Y luego escapó a la carrera escaleras abajo.

1879

Cuando murió James Brooke se organizó un gran funeral, para lo cual se edificó un colosal badé: la torre de madera ardió durante casi dos días antes de derrumbarse. Los tambores y las trompetas sonaron toda una semana, y acompañaron con sus bailes el último viaje del Rajá Blanco.

Faltaba solo una tripulación y un barco: el Estrella de la Mañana. James había dado orden de zarpar apenas supo la noticia.

Aquella misma noche alguien forzó las cerraduras de la biblioteca del Rajá, y se llevó todos sus libros.

El sobrino del Rajá, que le sucedió en el gobierno del reino, echó la culpa al capitán Fry. Y, desde aquel momento, el Estrella de la Mañana se convirtió en un barco ilegal para las gentes de Sarawak.

James se convirtió así en un pirata solitario, en una leyenda que formaba una sólida unidad con su tripulación. No estaba de parte de nadie, ni malasios, ni bengalíes, ni chinos, ni ingleses. Estaba de su parte, y con él estaban los cincuenta hombres de su tripulación.

Durante los más de veinte años en los que impuso su ley entre el mar Arábigo, el golfo de Bengala y Malasia, ninguno de sus marineros le traicionó o le abandonó jamás. Aquel que se embarcaba en el Estrella de la Mañana moría en el Estrella de la Mañana, y era sepultado en el mar, con alguna página del código de honor entre las manos.

James aprendió a escribir con la otra mano y redactaba con la izquierda páginas y páginas de diarios.

1

Era una plácida tarde de primavera, uno de esos días en los que la campiña inglesa parecía el paraíso perdido. El viento transportaba el polen de los tilos. La corriente del río murmuraba entre las cañas.

Sentado en el banco que miraba al pequeño lago, el doctor dejó caer el libro de sus manos.

Se despertó sobresaltado cuando cayó al suelo. Se inclinó para recogerlo, pero una mano enguantada fue más rápida que él.

—Tenga.

Presa de un súbito azoramiento, el doctor se percató de la joven que se había acercado y trató de levantarse para saludarla como debía.

—¡Perdonadme! —exclamó, en el difícil intento de liberarse del torpor—. No me había dado cuenta de vuestra llegada...

—¡No os levantéis! ¡No os levantéis! —se apresuró a tranquilizarle ella, apoyando la mano enguantada en su hombro.

La muchacha llevaba un sombrero con un delicado velo de encaje y se protegía del sol con una sombrilla.

—¿Puedo sentarme junto a vos? —le preguntó.

—Oh, sí. ¡Pues claro! ¡Os lo ruego, sentaos! —respondió el doctor, irguiéndose en el banco. Y mientras el vestido de ella crujía al rozar la hierba, él trató de recordar quién podía ser aquella encantadora joven que se comportaba con tanta familiaridad.

La verdad era que se estaba haciendo viejo y que la memoria, así como la vista, se le iban desdibujando con rapidez.

—Hace un día magnífico —observó mirando al lago.

Ella se apartó el velo de la cara y en cuanto el doctor vio sus ojos claros y la nariz perfecta no tuvo más dudas.

—Lady Florence... —murmuró satisfecho.

—Doctor... —le saludó ella.

Hablaron de cosas sin importancia: de las estaciones y de ese espectáculo teatral, del campo y de la ciudad. El doctor preguntó por la reina Victoria y por el primo Edward y Lady Florence se informó, por el contrario, sobre su salud.

El doctor tosió, y le respondió que era lo que tenía que ser: la salud de un viejo.

Como habían hecho en otras ocasiones, pasaron juntos un par de horas que transcurrieron plácidamente.

Y cuando la tarde estaba ya iniciando su declive, Lady Florence apoyó la barbilla en sus manos enguantadas y le preguntó a bocajarro:

—¿Me lo diréis, antes o después?

—¿El qué? —replicó el doctor.

Su reloj de bolsillo se había parado.

—Han pasado casi veinte años, señor... —añadió Lady Florence—. Y aún no me habéis confiado una sola palabra.

—¿Una sola palabra sobre qué? —insistió el doctor, sacudiendo el reloj.

—Sobre nuestro secreto —le recordó Lady Florence, mirándole fijamente a los ojos.

El doctor se sobresaltó.

—No comprendo de qué estáis hablando...

—Vamos, doctor. ¿De verdad no lo recordáis? La llave de oro.

—¡Ah, claro! Aquella pequeña llave...

—Pertenecía al reloj de mi abuelo, el rey Jorge —le anticipó Lady Florence, alarmándole—. No he hablado de ello con nadie, podéis estar tranquilo... —continuó, dispensándole una sonrisa—. ¿Recordáis mi promesa del día de nuestro encuentro en las escaleras? ¿Os acordáis?

El doctor asintió. Lo recordaba bien todavía, sí.

—Ha pasado tanto tiempo...

—Pero nadie parece saber nada acerca de ese reloj... He hecho algunas preguntas, ¿sabéis? Dicen que lo tenéis vos...

—¡Claro que no! ¿Cómo podéis pensar...? —se alarmó el doctor.

Lady Florence sonrió.

—Vamos doctor, entonces ayudadme. ¿Por qué hace muchos años me dijisteis que había encontrado una cosa muy valiosa, y que no debía hablar de ello con nadie? ¿Sabe cuánto tiempo hace que pienso en ello?

—Ha pasado mucho tiempo desde entonces, Lady Florence... no podéis imaginar cuánto... y si queréis saber la verdad: yo no sé adónde ha podido ir a parar ese reloj.

—¿Y no queréis ayudarme a encontrarlo?

—Si fuera tan fácil... —respondió el doctor.

Cerró los ojos y se reconoció muy cansado. Volvió a pensar en el día en que el reloj estuvo en sus manos, y cuando advirtió al rector de Eton de que los conspiradores querían matar a la joven y a su niño... ¿cómo se llamaba aquella joven?

—May... —se le escapó entre los labios.

—¿May? —le hizo eco Lady Florence—. ¿Quién es, May?

—Nadie —respondió él—. No es nadie.

Sonrió, azorado.

Y recordó que era justo así como la habían llamado.

Nadie. La joven era nadie. Su niño era nadie.

Y ambos habían desaparecido sin dejar rastro.

Pero no era justo, después de todo aquel tiempo, seguir llamándola así.

—Querían matarla, ¿sabéis? —se dejó vencer el doctor.

—¿Matarla? ¿A May?

—Eso es —respondió él—. Sin embargo...

Dudó.

—¿Qué ocurrió?

El doctor entendió que se había excedido y durante unos momentos se cerró en un silencio obstinado. Una chicharra cantaba entre las ramas de los árboles y las cañas frescas se doblaban con el viento.

La verdad era que, cuando él muriese, nadie conocería nunca la historia de May.

Nadie.

El doctor era el último de aquel grupo de conspiradores que seguía vivo.

El rey Jorge y su hermano habían muerto. Sir Robert y el rector de Eton también. Y el alemán.

El doctor tosió.

Era el último.

Miró a Lady Florence y pensó que aquella joven que estaba sentada junto a él habría podido ser May. Si la hubieran aceptado en la corte, en vez de borrarla para siempre...

No fue justo.

No, pensó el doctor.

—Aquel reloj... —empezó a relatar—. Fue mi primer pago. El precio de mi mentira, cuando fuimos a ver al rey para decirle... que su hijo había muerto...

—¿Qué hijo?

El doctor levantó las esqueléticas manos.

—Yo le traje al mundo, ¿sabéis? Era un bonito niño. Sano y robusto. Lloraba con todas sus fuerzas, como hacemos todos, cuando nos obligan a nacer.

Bajó las manos.

—Pensaban que un reloj de oro sería un pago suficiente. Pero, cuando me percaté de lo que querían hacerles de verdad, no me quedé callado. No podía permitir que los mataran. Así...

El doctor miró a Lady Florence largamente, antes de preguntarle:

—¿Prometéis que...?

Ella asintió y se llevó una mano al corazón.

El viejo doctor suspiró.

—Busqué al rector de Eton. También él formaba parte del complot... y él tampoco era un asesino. Le llevé el reloj, rogándole que buscara la manera de salvar a May y al niño, James. Le llamó así, según me contó el rector. James. James Fry. Exactamente así.

—Y... ¿lo conseguisteis? ¿Lograsteis salvar al hijo del rey?

El doctor se sobresaltó y sintió que algo inmenso le cerraba la boca del estómago. Algo que había estado allí dentro, acurrucado en el fondo, durante cincuenta años, y que ahora presionaba para salir.

—Sí —respondió—. Lo conseguimos. Los embarcamos en un navío que iba directo a las Indias, y encontramos la manera de asegurarles una vida digna.

Ya estaba. Lo había dicho.

Fue como liberarse de las telarañas con un ramo de flores.

—¿Y luego qué ocurrió?

—No lo sé —admitió el doctor—. Siempre nos hemos preguntado qué fue de ellos.

—¿Y no tuvo nunca la curiosidad de buscarlos?

—¡Oh, sí! Y muchas veces preguntamos a comandantes y a personas que conocíamos, pero... ¡quién sabe! Y quién sabe cómo habrían sido las cosas, si en vez de...

El doctor gesticuló, impotente.

El discurso se estaba haciendo muy peligroso, y con demasiadas arenas movedizas.

—Es una hermosa historia, en cualquier caso... —murmuró Lady Florence.

—Es la historia de un viejo doctor —murmuró él—. Solo la historia de un viejo doctor...

«¿De verdad lo cree así?», se preguntó Lady Florence, dando vueltas entre los dedos a la pequeña llave dorada.

2

Unas semanas después sostenía el periódico.

Le temblaban las manos.

Florence Trevelyan era quizá una de las pocas jóvenes de buena familia a la que le gustaba mucho más el *Times* que los vestidos; y las noticias de viajes más que las crónicas de bodas. Tenía una fantasía desenfrenada y una pasión secreta por las novelas de aventuras. Devoraba un libro tras otro. Y estaba firmemente convencida de la posibilidad de que algunas mujeres pudieran hacer las cosas igual que los hombres o mejor. Si alguien se atrevía a burlarse de ella, y se daba cuenta, desafiaba al inoportuno a un partido de tenis, que normalmente ganaba.

Era una muchacha difícil de controlar. Alguien a quien le encantaba ser independiente y tener sus propias ideas. Una de esas personas, por tanto, desprovistas de las características mínimas para vivir una vida tranquila.

Y, de hecho, ahora que se había topado con ese artículo...

Lo leyó otra vez, para estar segura.

¿Pero, era posible?

Lady Florence no creía en las casualidades.

Una pelota podía caer justo fuera o justo dentro de la línea del campo, pero había siempre alguien que la había lanzado más o menos allí.

Las casualidades eran tan importantes como el ancho de una línea.

Esta es la verdad.

Florence se sintió molesta con sus propias dudas, dobló el periódico y se levantó rápidamente de la mesa.

Atravesó algunos pasillos del castillo de Windsor. La reina había hecho colocar una decena de mesas de hierro blanco fuera de la sala de recepciones, en la parte que daba a los jardines, y en aquel momento sus damas de compañía, las esposas de los hijos y de los sobrinos se dedicaban lánguidamente a conversar.

Lady Florence pasó por allí haciendo una rápida reverencia. No le gustaban aquellos encuentros triviales. Y ya había desconcertado lo suficiente a aquellas señoras con una detallada explicación de cómo debe degollarse un ciervo acabado de cazar para que la carne no se estropee.

No es que a Lady Florence le entusiasmara la caza, pero en cualquier caso la encontraba más digna que pasar la tarde alrededor de una mesa.

Buscó con la mirada a su primo Edward, le localizó en el jardín del castillo y fue a su encuentro, sujetándose la falda por encima de los tobillos para caminar más deprisa.

Su primo estaba ocupado con unos dignatarios, a los que Florence interrumpió sin problemas. Fue presentada a un comandante, a un duque y a un francés con el bigote de punta, cuyos nombres olvidó en el momento exacto en que fueron pronunciados. Y, antes de que ninguno de ellos abriera la boca, dijo, sin rodeos:

—Tendría que hablar contigo, Edward. En privado, si es posible.

—¿Ha ocurrido algo? —preguntó su primo.

—Todavía no —respondió ella.

El primo se excusó con sus huéspedes algo avergonzado, y la siguió hacia el centro de los jardines.

—¿Se puede saber qué te pasa? —le dijo bruscamente cuando se quedaron solos—. Ese aquien no te has dignado a dirigirle ni una palabra era el...

—Lee —le interrumpió ella.

Le indicó el artículo al final de la página, en la sección dedicada a las Indias.

—*El caballero pirata...* —leyó Edward distraídamente—. *Un clíper de casco negro... que asalta sin asesinar...* ¿Qué es esto? ¿Otro folletín de ese francés?

—Lee el nombre de ese pirata.

—Fry —respondió Edward—. ¿Y bien?

Florence caminaba con rapidez, pero no tanto como su fantasía. Repasó las palabras que debía decir para no traicionar la confianza del doctor, y su fidelidad a la Corona.

—Sé que podría ser solo un espejismo —comenzó—. Pero hay algo muy insólito en ese pirata.

—Lo que es insólito es que tú te intereses por un pirata —rebatió el joven.

Lady Florence le cogió una mano.

—Escúchame, Edward... ¿Qué pensarías, si te dijera que ese hombre podría ser nuestro primo?

Él se rio.

—Pensaría que te has vuelto loca. Y que probablemente la vida de la corte te está envenenando.

Lady Florence asintió y estrechó aún más sus dedos.

—¿Y...?

—Y te diría que necesitas unas vacaciones.

—Era exactamente lo que estaba a punto de pedirte... —se relajó de repente Lady Florence—. Necesito unas largas vacaciones en el mar.

—¿Eso es todo? ¿Adónde te gustaría ir? ¿A Italia?

Ella negó lentamente con la cabeza y el primo Edward abrió los ojos de par en par con la misma lentitud.

Se miraron cara a cara con el periódico en las manos.

—¡Solo tienes que decir una palabra en mi favor a la reina Victoria! —exclamó Lady Florence.

—¡Ni pensarlo siquiera! —respondió su primo—. ¡Es una locura! La India está demasiado lejos para una jovencita como tú...

—¡¿Cuál es el problema de una jovencita como yo?!

—¡Florence!

—¿Quieres que te aniquile de inmediato o prefieres perder más tarde, hombre valiente?

Edward suspiró, buscó un banco para sentarse que no encontró, y se rindió:

—Está bien, prima. Hablaré con mi madre. Pero, antes, cuéntame algo de ese misterioso pirata. Y de por qué debería ser pariente nuestro...

3

La joven se embarcó ese mismo año, en compañía de otra prima. Escribió a Edward largos informes acerca de todo aquello que veía, pero nunca envió sus cartas: las guardó en un diario, alejadas de miradas indiscretas. Ambos sabían que cualquier alusión, incluso mínima, al verdadero motivo de aquel viaje podía resultar... peligrosa.

Tratándose de una empresa temeraria y desesperada, la reina Victoria la consideró propia del carácter indomable de Florence. Y la cuestión pasó desapercibida.

Florence eligió un velero llamado Becky Sharp, un clíper que hacía la ruta de Oriente transportando hojas de té. Cuando llegó a las costas indias, empezó a buscar de inmediato noticias de una tal familia Fry, que había desembarcado en aquellas tierras cincuenta años antes.

Fue una desilusión tras otra.

Hasta que llegó a Trivandrum, donde visitó lo que quedaba de la Premiada Sastrería Europea. Trajes a la moda y a medida.

Cuando consiguió hablar con algunas mujeres que conocieron a May y al pequeño James, casi se quedó sin aliento.

Escribió enseguida en su diario: ¡la historia es verdadera!

Descubrió que el chico se había escapado de casa a los trece años, y no había regresado jamás. Tanto May como el marido, el señor Lalchand, habían muerto, dejando la sastrería a las ayudantes.

Florence no se detuvo allí. Ignoró las quejas de la prima y siguió más allá de la isla de Ceilán.

Siguió buscando información sobre ese caballero pirata y descubrió que había perdido una mano en combate, y que le llamaban el Príncipe de los Mares, el Descalzo, la Mano Izquierda del Diablo, o simplemente el Niño, porque se embarcó siendo jovencísimo, y había corrido la voz de que había recibido el don de la inmortalidad de cierta divinidad que encontró una vez en la selva.

Lady Florence escribió a su primo diciéndole que cada vez que desaparecía un niño de un pueblo de la costa la gente pensaba que había subido al barco de James Fry. James raptaba a los niños y los llevaba a su misteriosa isla escondida, de la que nadie regresaba.

Si cuando salió de Inglaterra la idea de conocer a ese pirata le parecía emocionante, ahora estaba completamente fascinada con ella.

Adquirió perlas grises y compró objetos de plata, esperando atraer así la atención de los piratas.

Pero, con gran pesar por su parte, no les asaltaron.

Se dirigió aún más al este, siguiendo las pistas que la llevaban a Sarawak, donde llegó tres meses después.

El sobrino de James Brooke le confirmó que un tal James Fry había servido con su tío treinta años atrás, pero luego se había rebelado, le robó un barco y todos los libros y desapareció en el mar.

—¿Y no le perseguisteis? —le preguntó Lady Florence.

—Como no nos había causado un daño directo, consideramos que era mejor dejarle libre —explicó el nuevo Rajá de Sarawak.

—¿Y no sabéis si sigue vivo, y dónde se esconde?

—Nadie lo sabe, señora. Pero, si quiere mi opinión, creo realmente que el Estrella de la Mañana naufragó hace ya muchos años.

Lady Florence no quería su opinión.

Dieciséis meses después de haber salido de Londres, había completado cinco cuadernos de leyendas. Y ninguno con un hecho concreto.

¿Era en verdad su primo?

¿Estaba muerto?

¿Estaba vivo?

Y si estaba vivo, ¿dónde se escondía?

Querido Edward, creo que nunca lo descubriré, escribió un día. *Probablemente estoy persiguiendo solo a un fantasma.*

Con el paso de los meses, Florence se había transformado: los guantes, los sombreros y las puntillas a la moda europea habían sido sustituidos por largos saris de colores y los pies descalzos. Cuando su prima protestó, la ignoró olímpicamente. Y la dejó en tierra.

—Mejor aún... —le propuso Florence en Singapur—. ¿Por qué no regresas a Inglaterra con el primer buque disponible?

La prima aceptó: había adelgazado quince kilos, los mosquitos la atormentaban y no soportaba ninguna costumbre oriental.

Florence le confió sus despachos lacrados y le ordenó que se los entregara a Edward, y solo a él. Al final de aquellas páginas confesaba que se había equivocado: jamás existió un hijo ilegítimo del rey Jorge, y por lo tanto no tenían un primo llamado James Fry. Había tenido un romántico espejismo.

Se despidió de su prima prometiéndole que, en un mes, regresaría.

Cuando se quedó sola, sin embargo, decidió hacer un último intento. Y luego se olvidaría para siempre de aquel pirata y de su historia.

Se introdujo en el ruidoso mercado de Singapur e hizo correr la voz de que era una estudiosa que trabajaba para el British Museum de Londres, que tenía consigo una colección de manuscritos de gran valor y que buscaba libros para comprar.

—Nunca se sabe, quizá esta noticia viaje más rápido que todas las demás... —se auguró.

Pero, naturalmente, no ocurrió nada.

Al acabar el mes que se había concedido antes de ordenar el regreso, en una noche especialmente oscura, Lady Florence oyó un alboroto en la cubierta.

Se despertó, agitada.

Oyó un grito desesperado, que hizo que el corazón le diera un vuelco:

—¡A las armas! ¡A las armas! ¡Piratas!

Corrió a la cubierta del Becky Sharp con una extraña sonrisa aterrorizada.

4

Habían sido abordados por un barco sin que nadie se percatara. Y cuando Lady Florence lo vio, comprendió inmediatamente el motivo de tantas leyendas.

El Estrella de la Mañana era completamente negro.

Negro el casco. Y negras las velas.

En una noche sin luna, como aquella, era invisible.

Una voz hizo eco en el mar:

—¡Rendíos y no os haremos ningún daño!

Lady Florence se acercó al capitán del Becky Sharp y le hizo un gesto de que se rindiera.

—Señora... —murmuró el capitán, que era más bajo que ella—. ¡Podría ser peligroso!

—¿Y qué quiere hacer, entonces? ¿Combatir? —se burló la joven.

El Estrella de la Mañana había hecho una maniobra, colocando el costado derecho en posición de disparo. A la mínima señal de resistencia, habría podido barrer su cubierta con una lluvia de metralla.

El capitán dudaba, aterrorizado por el barco negro que les amenazaba.

Lady Florence le arrancó de las manos el portavoz y gritó a través de él:

—¡Nos rendimos! ¿Qué tenemos que hacer?

—¡Tirad las armas bajo el palo maestro! —respondió la voz desde el mar.

—Dé la orden a sus hombres —susurró Florence al capitán. Y, como no se aclaraba, la dio directamente ella.

—¡Ya está! ¡Estamos desarmados! —gritó luego por el portavoz.

El aire se llenó de silbidos, y en un abrir y cerrar de ojos, aparecieron decenas de garfios por los flancos del barco.

Florence contuvo la respiración, mientras los dos barcos, unidos por una telaraña de cuerdas, se acercaban el uno a otro.

Chocaron dulcemente. Luego, como monos que saltaran de los árboles, aparecieron los primeros piratas.

Eran hombres de piel negra, tatuados, vestidos con harapos y con largos adornos colgados de los lóbulos de las orejas. Empuñaban parangs de hoja serrada y amenazadoras pistolas.

Florence los miró de uno a otro. El sentido romántico de la piratería había desaparecido súbitamente. Aquellos hombres apestaban a treinta pies de distancia.

¿Y cuál de ellos podía ser James?

Miró a través de la borda: el Estrella de la Mañana se balanceaba invisible, una mancha tenebrosa en la oscuridad del océano. Ni una luz, ni una antorcha, ni una señal de avistamiento. Y ni siquiera una bandera en el palo maestro.

Los piratas empezaron a inmovilizar a la tripulación del Becky Sharp, obedeciendo las órdenes de un gigantesco hombre de color.

Se acercó a ella un segundo hombre.

—Creía que me había vuelto loco, pero no... —exclamó—. Es de verdad la voz de una jovencita, lo que he oído...

El capitán intentó interponerse con torpeza para defenderla, pero Florence le apartó con un gesto.

—Soy Lady Florence Trevelyan, para ser precisos... —respondió con el corazón latiéndole con fuerza por el miedo.

¿Podía ser él?

La edad correspondía, el rostro era occidental, la nariz afilada, las arrugas profundas. Y tenía una bonita sonrisa.

—Yo me llamo Salvo, milady. De nombre y de hecho. ¿Es vuestro este barco?

No, pensó Florence. No era James. Era un italiano.

—Es mi barco, sí —respondió.

—¿Y puedo preguntaros qué hacéis en estos mares salvajes?

—Estoy... de vacaciones.

Salvo se percató de la ironía de su voz y le hizo media reverencia.

—Si puedo daros un consejo, milady, para las próximas vacaciones buscad un lugar más seguro, como Sicilia, por ejemplo. Clima magnífico, comida excelente y, sobre todo, nada de piratas que os puedan asaltar por la noche...

—¿Y si, por el contrario, fuera ese el motivo por el cual he llegado hasta aquí?

—¿El clima terrible, la comida poco apetecible o el amor por la piratería?

—¿Qué creéis?

A espaldas del siciliano se extendió un silencio extraño. Florence inclinó la cabeza para ver qué era lo que estaba ocurriendo.

Un hombre acababa de saltar por la borda y caminaba indiferente en medio de la tripulación.

Iba descalzo.

El pelo salvaje, húmedo y rizado. Los ojos llameantes.

No parecía llevar armas. Y en el lugar de la mano derecha tenía un largo garfio.

El corazón de Florence dio un vuelco.

«Es él», pensó.

«Le encontré.»

El hombre se acercó al trío sin alterar su mirada indiferente. Escrutó al capitán del barco, miró de reojo a Salvo y, al fin, se detuvo en la chica.

Era muy joven y muy guapa. Una muchacha occidental que vestía a la manera india.

Y estaba descalza.

Habría podido sonreírle.

Pero estaba a punto de saquearla.

—Os presento mis saludos —empezó—. Y os pido excusas por la intrusión. He tenido noticias de que este barco transporta una carga extraordinaria, pero ahora veo que es más extraordinaria de lo que había imaginado.

Lady Florence se ruborizó sin saber cómo replicar, quizá por primera vez en su vida.

Aquel hombre tenía una voz baja y profunda, con ecos prolongados, como la resaca en los acantilados. Su cara estaba oscurecida por el sol, esculpida y lisa como la de una estatua. Los ojos grandes, azules, eran móviles y atentos. Los dientes blanquísimos, como el marfil.

—¿Sois vos la persona que trabaja para un museo? —preguntó.

Florence tragó saliva, turbada. ¡De manera que su plan había funcionado!

—Pues, sí. Claro. Para el British Museum —mintió, tratando de ponerse en situación.

—¿Y buscáis animales rellenos de paja, quizá?

La pregunta desconcertó a la joven.

—¿Animales... rellenos de paja? —balbuceó.

—Una vez tuve un amigo que trabajaba para un museo —explicó el pirata con extrema calma, deslizando su mano manca por la madera de la borda—. Se llamaba Neville. Wright Neville. Era un naturalista que llenó la bodega de nuestro barco con cajas de animales disecados... decía que eran para un museo de Londres. ¿También vuestro museo está en Londres?

Florence asintió y luego, por fin, halló el valor de participar.

—Habláis de él como si ya no fuera vuestro amigo.

El hombre levantó la mirada, sorprendido, como si no se esperara ese tipo de intervención.

—Murió —respondió—. Devorado por un cocodrilo.

—Lo siento —replicó Florence.

—¿Cómo podéis sentirlo? —dijo él—. Ni siquiera sabéis de quién os estoy hablando.

—Era amigo vuestro. Lo siento por vos.

—¿Por mí? ¡Vaya! —El hombre emitió un sonido ronco—. No desperdiciéis vuestros sentimientos conmigo, señora. Soy un pirata, y nadie se disgusta por un pirata... ¡y mucho menos si acaba de asaltar vuestro barco!

—Yo sé que no sois un pirata —dijo Florence en voz bajísima.

—Me interesan los libros que transportáis... —continuó el hombre, pero se interrumpió de inmediato—. ¿Qué habéis dicho?

—He dicho que sé que no sois un pirata.

Florence levantó la mirada. Y vio en los ojos del otro una misteriosa indecisión.

—Y lo sabéis también vos.

James esbozó una sonrisa y, por un instante, su expresión fue la de un niño.

—¿Y puedo preguntaros cómo lo sabéis?

—Lo sé porque creo que soy vuestra prima, señor Fry.

—¿Mi prima? ¡Vaya! —De nuevo aquel sonido, luego James miró a Salvo buscando un apoyo.

El siciliano se encogió de hombros y silbó una melodía que decía:

—*Mujeres y mar hacen al hombre peligrar...*

—¡No estoy mintiendo señor Fry! —se apresuró a añadir Lady Florence.

—Acabo de tomar el control de vuestro barco, señora. No estáis en condiciones de engañarme.

Ella se acercó a él temerariamente, como si quisiera cogerle las manos.

—Dadme la posibilidad de haceros una pregunta, y os lo explicaré todo.

—Preguntad.

—Es una pregunta muy personal.

—Salvo es mi hermano —atajó James.

Pero el siciliano, entre tanto, había desfilado llevándose consigo al capitán del Becky Sharp.

Lady Florence cogió el colgante que llevaba al cuello, y lo escondió en la palma de la mano.

—Lo que he de preguntaros es realmente simple, señor Fry. Vos, o vuestra madre May...

James se puso rígido al oír aquel nombre, pero Florence prosiguió:

—¿Poseéis todavía, o habéis poseído alguna vez... un reloj de oro, de cuerda, del que siempre os faltó la llave?

James dio un paso atrás, para balancearse mejor en el tumulto de aquellas olas que se iban haciendo cada vez más imprevisibles.

—¿Quién sois vos? —preguntó, en voz baja—. ¿Y cómo es posible que sepáis algo de ese reloj?

—¿Lo tenéis? —le apremió Florence—. ¿Lo habéis tenido alguna vez?

—Todavía lo tengo, sí. Si es esto de lo que habláis...

Y con un rápido movimiento de la mano izquierda, sacó de la casaca el Tourbillon con las manecillas aún paradas en las tres y cincuenta y dos.

Lady Florence sonrió, y al mismo tiempo los ojos se le llenaron de lágrimas. Sobrecogida por una emoción irresistible, de repente su verdadera naturaleza de niña venció, y se dejó deslizar hasta el suelo, dulcemente rendida.

Nunca había sido tan feliz.

—Entonces existís de verdad... —murmuró mientras cálidas lágrimas caían por sus mejillas—. ¡El doctor me contó la verdad! Me decían que estaba loca, y sin embargo... ¡Vos estáis aquí!

James se quedó sin palabras. Se arrodilló a su lado, sin preocuparse de que las tripulaciones de los dos barcos les estuvieran mirando como los espectadores de un teatro, indecisos de si debían aplaudir y cuándo.

—¿Qué estáis diciendo, señora? ¿De qué doctor habláis? ¿Y por qué lloráis?

Le cogió la mano para ayudarla a levantarse, pero Florence no tenía la más mínima intención de hacerlo. En el suelo se sentía más fuerte.

—Lloro porque el doctor que os trajo al mundo, James, me ha dicho la verdad. Y porque vos sois de verdad el hijo del rey Jorge de Inglaterra.

Le estrechó la mano antes de que él la retirara y le puso en ella el colgante.

—Vos tenéis el reloj del rey, primo... y yo tengo la llave para darle cuerda —le susurró.

Y finalmente le enseñó la pequeña llave de oro que había custodiado para él hasta ese momento.

5

Qué creéis que debería hacer? —preguntó James a los tres hombres que estaban frente a él—. Después de todo, ¡es mi familia!

Se encontraban en la cabina de mando del Estrella de la Mañana. James en su mesa llena de mapas, Salvo y Ciro sentados en las butaquitas con una copa de jerez en la mano y Junior de pie, con la espalda apoyada en la puerta.

—Después de nosotros, naturalmente... —le corrigió Ciro.

Salvo se pasó la copa entre las manos.

—Nobles... Bah, nunca me han gustado.

—A mí tampoco —admitió James.

—Solo que ahora te han encontrado... —dijo Junior.

—Si es por eso... —le respondió James—, el mes pasado Lady Florence envió con un barco directo a Londres un legajo con un informe en el que explica que la historia del primo pirata es del todo falsa.

—Por lo que podrías despreocuparte y desaparecer de sus vidas —comentó Salvo. Pero intuyó que no era exactamente así.

James estaba atormentado por una serie de dudas.

El amigó trató de hacer un resumen para él.

—Las únicas pruebas de tu parentesco con la familia real son el reloj, el relato que tu madre hizo al señor Lalchand... y el del doctor que te trajo al mundo.

—Exacto —respondió James.

—¿Y cuántos años tiene ese doctor?

—Casi ochenta.

—O hablas con él ahora, o nunca más —observó Ciro.

—Es lo mismo que me ha dicho Lady Florence, es decir... mi prima... —pensó James, moviendo la cabeza para sacudirse esa idea del pensamiento.

Empezó a recorrer la habitación a lo largo y a lo ancho.

—Claro que sería una bonita carrera... —saltó Ciro—. De ayudante de gambuza a rey de Inglaterra.

—¿Podríamos intentar ser serios, por una vez? —exclamó James—. No es la Corona de Inglaterra lo que me interesa. Yo solo quiero... saber —continuó James. Abrió los brazos y los extendió frente a sí—. Simplemente, saber quién soy.

Salvo apoyó la copa vacía junto a la botella.

—Entonces, escúchame bien: ¿cuando partió ese vapor?

—Hace un mes.

—¿Y qué ruta hace?

—Suez. O sea que llegará a Londres en... un par de meses.

—¿Y si nosotros partiéramos ahora mismo, cuánto tardaríamos?

—No podemos atravesar Suez con un barco de vela. Tenemos que circunnavegar África a la fuerza.

África. Aquella palabra se plantó en sus cabezas como un monolito.

—Un correo de la marina inglesa emplea ochenta días de Londres a Shanghai —recordó Junior, con voz monótona.

—Entonces, ya tenemos la respuesta —intervino Ciro, también serio—. No hay posibilidad de competir y llegar antes que ellos a Londres...

James asintió, lentamente.

—Pero, al mismo tiempo... —continuó Ciro—, si tu doctor tiene ochenta, yo tengo diez menos, James. Y los noto todos: cada vez que tengo que mover un barril me pongo a protestar. Y Salvo, Junior o Truman ya no son unos jovencitos...

—¿Me estás diciendo que lo dejemos, Ciro? —le preguntó James, tras unos instantes.

—Te estoy diciendo que es una posibilidad. Y quizá... —El viejo gambucero carraspeó—, mientras tú corres a Inglaterra a conocer a tu familia, podrías dejarme en casa. Volvería a ver mis limoneros y... no lo sé. Morir donde nací me parecería una buena manera de decir al que está allá arriba: gracias por todo, ha estado bien.

La mirada de James se detuvo en Salvo.

—Siracusa no está de camino en la ruta de Gibraltar... –respondió el siciliano—. Pero tampoco hay mucha distancia. Y quizá Truman pueda regresar a su aldea.

—No creo que esté muy de acuerdo —se rio Junior.

James se sentía aún más confuso que antes. Aliviado y apesadumbrado al mismo tiempo.

—No lo sé —dijo—. ¿Qué puede sucederme en Londres?

—Que tratarán de asesinarte, por ejemplo —soltó Junior.

—Yo también lo he pensado —respondió James, levantando la cabeza de repente.

—¡Bah! Como mucho podrían intentarlo... —dijo Salvo—. No es tan fácil eliminarte, James.

—Ochenta días —murmuró James, observando los mapas—. Has dicho que el barco más rápido de ellos emplea ochenta días...

Los tres amigos intercambiaron una mirada preocupada.

—No me gusta cuando hablas en ese tono, James —habló por todos Salvo—. Estás maquinando algo...

—Oh, no —respondió él—. De verdad. Nada de nada.

Logró esbozar una sonrisa y les convenció de que se relajaran. Bebieron juntos otra copa de jerez, y luego James les despidió. Les dijo que pensaría en todo lo que habían hablado y que, a la mañana siguiente, les informaría de sus decisiones.

Al amanecer, cuando los hombres de guardia cambiaron el turno en la cubierta, James estaba ya al timón del Estrella de la Mañana.

No había dormido, y había pasado una buena parte de la noche comprobando los diarios con sus apuntes de viaje y haciendo cálculos en los mapas, borrándolos y rehaciéndolos cien veces.

Cuando se sintió satisfecho con ellos, subió a la cofa del palo maestro quedándose suspendido entre las estrellas, hasta que se hizo de día.

Dijo que quería hablar con la tripulación.

El Becky Sharp estaba anclado a pocos brazos de mar de ellos, y su capitán, tan despierto como James, estaba a la espera de conocer su propio destino. Se bajaron las chalupas y Lady Florence fue llevada al Estrella de la Mañana.

Sus cincuenta hombres se reunieron en silencio alrededor del timón. Lady Florence se mantuvo apartada, junto a Salvo.

James aguardó pacientemente a que subieran todos a cubierta, olisqueó el viento buscando inspiración y luego comenzó:

—Hemos viajado muchos años juntos... Y hemos atravesado muchos mares. Hemos envejecido en este barco, y él ha envejecido con nosotros. Creo que mereceríamos detenernos. Disfrutar, en paz, de ese poco de vida que aún se nos concederá vivir.

Un murmullo de aprobación se extendió entre los marineros más viejos.

—Pero si hubiéramos querido una vida como la de todo el mundo, digo yo, seguramente no habríamos elegido esta. Estamos viejos, y cansados, sí. Pero no estamos derrotados. No lo suficiente. No yo. No vuestro capitán.

El murmullo, ahora, se difundió entre los más jóvenes.

—La pasada noche, una parte importante de mi pasado vino a buscarme. Y me propuso hacer un largo viaje hacia Occidente.

Hacia Inglaterra, la isla donde nací. La isla que ninguno de nosotros ha pisado nunca. La isla que no está, y que nos gobierna a todos. La hemos conocido gracias a los relatos de otros marineros. Hemos leído sobre ella en los libros, y sabemos que se encuentra en esa dirección...

James señaló al mar, hacia el oeste.

»Y yo os digo que... si zarpáramos ahora, con el primer viento, podríamos llegar allí en cincuenta días.

Un murmullo de estupor se extendió entre todos.

Salvo dio un paso adelante, como para protestar.

—Cincuenta días, ¡un día por cada uno de los años en los que he estado lejos! —prosiguió James—. Cincuenta días son pocos, pero también muchísimos, porque ningún navío ha viajado nunca a semejante velocidad. Pero ningún barco es como el Estrella de la Mañana. Y ninguna tripulación es como la del Estrella de la Mañana. Podríamos no conseguirlo. Podríamos tropezar con una tempestad y partir las velas. Podríamos quedar atrapados en los vórtices de Buena Esperanza. Podrían ser nuestros últimos cincuenta días juntos. ¡Lo sé! ¡Lo sé! Pero sé también que podríamos conseguirlo.

Los marineros, por debajo de él, negaban con la cabeza. ¿Pero qué empresa era esa? ¿Y por qué razón correr tanto?

—Sé que la mayoría de vosotros ha nacido aquí, en estas costas. En India, en Malasia. En Borneo o en Indonesia. Yo mismo, conozco este mundo... —señaló hacia el mar abierto—, y no conozco aquel. Así es que os entiendo. Permaneced aquí, y bajad a tierra. Os dejo en libertad. Id en paz: tendréis la parte que os corresponde y mi eterna gratitud.

Hizo una larga pausa.

—Yo partiré aunque sea la única persona a bordo del barco. Lo llevaré sano y salvo al puerto de Londres y miraré al resto de navíos, a los veleros y a los vapores, y sabré que he sido más rápido que todos ellos. Miraré a la ciudad donde nació la bandera que durante tantos años ha ondeado en nuestras vergas y le diré: ha llegado el Estrella de la Mañana. Y han llegado sus hombres. Pero no quiero zarpar con nadie que se sienta tan viejo como para pensar que no lo logrará. No quiero zarpar con nadie que tema no volver jamás. No quiero zarpar con nadie que tenga miedo de competir con el tiempo. Esto os digo: que atravesaremos el mundo en cincuenta días, y cuando los otros marineros sepan de nuestra hazaña, les sacaremos de sus catres, y les haremos acudir corriendo al muelle para asombrarse ante este barco y su tripulación, y ante la hazaña que han realizado. Cincuenta días. ¡Que el capitán del Becky Sharp sea testigo! Zarparemos ahora, con el primer viento, ¡y se nos recordará por siempre como el barco más rápido del mundo!

James había levantado los dos brazos, y los dejó caer de golpe, como si de repente se hubieran hecho enormemente pesados. El viento, que empezaba a levantarse, hizo chasquear las velas aún amainadas.

El capitán abrazó idealmente a todos sus hombres y concluyó:

—He preparado para vosotros oro y chalupas, de manera que podáis llegar hasta el Becky Sharp. Porque una vez que hayamos zarpado nadie podrá decir que quiere bajar a lo largo de la ruta... —Y aquí James buscó con la mirada tanto a Salvo como a Ciro, que hicieron una mueca—. Así es que decidid, y decididlo ahora: a estribor si queréis coger las chalupas. A babor si, por el contrario, queréis participar en el último viaje del Estrella de la Mañana. ¡Así lo he decidido!

Salvo fue el primero en dar el paso hacia babor.

—Estoy contigo, James.

—Cobarde... —murmuró Ciro, imitándole—. ¡Yo también lo estoy!

—¡Cincuenta días para pasar África son una locura! —dijo Truman.

Y dio el paso.

—¡Yo quiero ver esa Inglaterra! —se pronunció Junior.

Y dio el paso.

Uno a uno, lo dieron todos los marineros.

Ninguno de ellos eligió ir a estribor.

Ninguno dejó el barco.

El viento hizo enarbolar las velas de proa.

James asintió, lentamente.

Y Lady Florence, observándole a escondidas, se juró que aquel día, y solo aquel día, sus ojos estarían llenos de lágrimas.

6

El puerto de Londres era gris.

Y era gris el cielo.

Al amanecer del quincuagésimo día desde que había dejado el mar de Malasia, el Estrella de la Mañana embocó lentamente, y a contracorriente, las aguas turbias de los muelles del Támesis.

No había nadie esperándoles. Y nadie que supiera quiénes eran.

Los marineros, negros, malasios, indios, los rostros cubiertos de tatuajes, la piel oscura mordida por el frío de aquella temperatura tan diferente, estaban agarrados a los flechastes, y miraban la ciudad, las chimeneas, las nubes bajas, las colinas desnudas, las casas de ladrillo, las calles de barro.

Habían pulverizado cualquier diagrama de viaje existente, plegando los palos del Estrella de la Mañana a los vientos más fuertes, hinchando las velas casi hasta rajarlas. Habían navegado por la India, Arabia, Madagascar, el Cabo de Buena Esperanza y luego hacia arriba, la costa occidental de África, Las Azores, Gibraltar, España, Bretaña, La Mancha y por fin... el Támesis.

Llegaron antes que el barco de vapor que había cortado por Suez y por el Mediterráneo.

Entraron con las velas izadas, bajo la mirada indiferente de los otros marineros. Hicieron un sobrio festejo, echaron el ancla y bajaron las chalupas.

—Entiendo muy bien que no la hayáis echado de menos... —confió James a Lady Florence, mientras observaba la panorámica de barracas y ladrillos de las casas de Londres.

—¿Os sentís defraudado?

—Todavía no tengo una opinión —respondió el capitán—. Pero me esperaba agujas de catedrales y palacios de oro, mientras que por el momento veo solo humo y fango.

—Aún tenemos que anunciarnos —murmuró Lady Florence.

—Me pregunto solo si habrá sido una buena idea, venir hasta aquí —le respondió James.

—Lo ha sido, creedme. Y ha sido el viaje más extraordinario que yo haya hecho nunca.

James sonrió y Lady Trevelyan se estremeció. Indicó una de las chalupas y prosiguió:

—Creo que debo marcharme.

James asintió.

—Queréis que...

Ella negó con la cabeza.

—Todavía no. Advertiré a Edward y os mandaré instrucciones. Volveré pronto, no lo dudéis. Vos no os mováis del barco.

James no tenía ninguna intención de hacerlo. Se sentía aplastado por una desilusión oprimente.

Lady Trevelyan se hizo acompañar a tierra y desapareció en un carruaje.

James se quedó aún un rato observando las actividades del puerto fluvial, luego dio libertad a sus hombres y se encerró en el camarote con sus preguntas. Había competido con el diablo para llegar antes que un barco de vapor y demostrar que existía y ahora se preguntaba si esa carrera tenía sentido.

O si había sido nada más que un juego cruel con sus hombres.

Un juego de niños.

¿Qué esperaba obtener?

Pasó revista a sus diarios: decenas y decenas de cuadernos que recorrían día a día sus aventuras. Detalles, rumbos, desplazamientos, encuentros. Muertos y heridos. Abordajes, descubrimientos, éxitos, derrotas.

Pensamientos.

Toda su vida estaba allí. Día tras día, esperando que alguien la percibiera.

Colocó en su sitio los diarios, dentro de dos grandes cofres de fabricación india sellados con pez, que se había hecho construir para que pudieran resistir a un naufragio. «Un recuerdo de los viejos tiempos», pensó.

Por la tarde recibió una carta de Florence, cerrada con lacre.

Su prima le confirmaba que ni el vapor ni ninguno de sus despachos habían llegado todavía a la ciudad. Luego le citaba para la mañana siguiente, en una determinada dirección.

Venid solo, os lo ruego...

Concluía la joven:

Nuestro primo Edward ha insistido en mantener una actitud prudente, y nuestro encuentro por tanto será secreto.
Vuestra, en fe y corazón,
Florence.

James leyó y releyó la carta. Luego subió a cubierta, envuelto en la oscuridad de la noche.

—¿Preocupado? —le preguntó Truman, que no había querido bajar a tierra.

—Sí —admitió James.

—Es el aire de esta ciudad —comentó el africano, escupiendo en el río—. Espero que nos marchemos lo antes posible, capitán.

James le dio una palmada en el hombro y luego trepó al palo maestro, sin mirar a su alrededor en ningún momento. Solo cuando se sentó en la cofa barrió con la mirada la capital del imperio.

Se quedó impactado con las luces. Había filas y filas de globos que delineaban avenidas y plazas luminosas. Había puentes y carruajes, guirnaldas y chapiteles puntiagudos. Había humo y resplandores. Y se oía por doquier un ruido de ruedas y de engranajes, como si cada uno de ellos fuera un granito de arena apresado dentro de un mecanismo inmenso. Oyó resonar en la oscuridad campanas lúgubres, como el martillo de un herrero.

Londres era una máquina. Una máquina de vapor, gas, luz y ruedas.

Tenía que haberlo previsto.

Sacó su reloj, introdujo por primera vez la llave de oro en la boquilla y, con pequeñas vueltas delicadas, la giró.

Después de cincuenta años y ciento cincuenta días, las manecillas empezaron a moverse.

Y James se preguntó si había hecho algo bueno, o no.

7

Se puso su único par de zapatos, que crujieron amenazadores, y bajó a tierra.

Inglaterra apestaba a humo y curtidurías. Y James pensó que, después de todo, May había hecho muy bien en marcharse de allí.

Escondió el garfio bajo la capa y buscó un carruaje. Encontró algunos parados en los lados de una pequeña plaza. El adoquinado estaba cubierto de restos de un mercado de verduras y de hojas de col aplastadas. Las esquivó, despertó a un cochero y le indicó la dirección de la cita secreta.

Habría preferido viajar fuera del carruaje, en el pescante, pero el asiento era demasiado estrecho para dos, y probablemente no era costumbre en aquella ciudad. Así es que subió al coche, cerró la portezuela a sus espaldas, se acomodó en los desgastados cojines y dio un golpe al techo, para dar a entender que podían partir.

El carruaje fue dando botes por las calles, chirriando sobre los ejes en cada vuelta. James miró la calle desde la ventanilla, esperando orientarse. Pero todo lo que vio fueron las mismas calles desoladas de las peores ciudades indias; pordioseros y mendigos; pandillas de niños que vagaban por las aceras. Almacenes medio en ruinas.

Había olores diferentes, pero todos molestos.

Renunció. Se abandonó en el asiento y comprobó la hora en el Tourbillon de su padre. Y cuando volvió a mirar afuera se dio cuenta de que la ciudad había cambiado. Había árboles, calles imponentes y palacios deslumbrantes. Vio largos pórticos y una catedral adusta y llena de agujas. Como en cualquier ciudad del mundo, también aquel templo transmitía una sacralidad intangible.

Aparte de algún perro vagabundo, no vio otros animales libres en la capital del imperio. Ni edificios dorados. No había cascadas de cera, ni procesiones. Pero encontró por todas partes una gran concentración de hombres y mujeres, ataviados según sus fatigosas actividades.

Encendían y apagaban los fuegos que alimentaban las chimeneas.

Los cascos del caballo resonaron sordos en el adoquinado de piedra. El cochero redujo la marcha y, al fin, se detuvo. James se bajó en un patio oscuro, estrecho, entre cuatro altas fachadas. Pagó al cochero con una esterlina de oro y se alejó antes de recibir la vuelta.

Solo cuando vio a Lady Florence se tranquilizó, y la siguió bajo las arcadas.

Florence le abrió camino a lo largo de una estrecha escalera de paredes blancas.

—¿Adónde vamos?

—A un lugar seguro —respondió ella—. Como te he escrito, aún no es oportuno llevarte a Windsor.

—¿Windsor?

—Es donde vive la reina.

Subieron en silencio, llamaron a una puerta y la abrieron muy despacio.

Se encontraron en una habitación desnuda y sin muebles, donde les esperaba un solo hombre.

—Nuestro primo Edward, príncipe de Gales —le presentó Lady Florence, con una ligera reverencia—. James Fry, pirata de las Indias, además de hijo secreto de Su Majestad, el rey Jorge IV...

Edward esbozó una sonrisa, haciendo resonar los tacones.

—Vayamos con cuidado con los títulos...

James se quitó la capa.

—Sois un hombre sorprendente, señor Fry —dijo el príncipe Edward.

Se dieron la mano izquierda, pero la de Edward estaba sudorosa.

Estaba asustado, notó James, mirando a su alrededor con recelo.

—¿De verdad habéis rodeado África en cincuenta días?

—Cincuenta y uno —le corrigió James, sin dejar de mirar a su alrededor ni un minuto. ¿Qué era lo que le producía tanto miedo?

El príncipe Edward sonrió a Lady Florence.

—¿Y de verdad sois... un pirata?

—No está demasiado lejos de la realidad.

—¿Qué te dije? —intervino Florence.

—¡Un pirata! —se alegró el príncipe Edward—. Siento mucho el recibimiento. Es... es solo para este primer encuentro. No tenemos donde sentarnos, pero podemos hablar con tranquilidad...

«Detrás de aquella puerta», pensó James, notando dónde iban a parar, de vez en cuando, las miradas del príncipe.

—Así es que existís... —continuó Edward—. Aunque todavía no consigo comprender como logró encontraros Florence...

—Fui yo el que la encontré a ella —replicó James, sin saber qué esperar de aquella conversación.

Viéndoles, uno al lado del otro, James parecía el más joven de los dos, aunque le doblaba la edad al príncipe, que se presentaba tan torpe en sus movimientos como en la forma de hablar.

—Es en verdad una sorpresa para todos nosotros saber que... que existe un primo del cual no sospechábamos su existencia... —El príncipe se pasó un dedo alrededor del cuello del uniforme—. ¿Pero vos sabíais algo de vuestro padre?

James negó con la cabeza.

—Sabía solo que era inglés. Crecí con mi madre en lo que vos llamáis una colonia. Trivandrum, ¿sabéis dónde se encuentra?

—Temo tener que desilusionaros —admitió Edward.

—Me quedé con ella hasta los trece años... —resumió rápidamente James—. Luego me embarqué. A la muerte de mi madre recibí el reloj, envuelto en un pañuelo.

—¿Y lo tenéis con vos? —preguntó Edward, con una cierta precipitación.

—En este momento, no —admitió James.

Lady Florence estrechó los hombros de su primo.

—Edward, el reloj y el pañuelo prueban sus orígenes —explicó Lady Florence, sonriendo a ambos—. Y, además, James ha contado todas sus vicisitudes en sus diarios.

—Muy interesante... —respondió Edward—. ¿Y nunca habéis hecho nada para comunicaros con Inglaterra?

—¿Comunicar el qué, exactamente? —preguntó James, sarcástico.

—Comprendo —asintió el príncipe Edward, caminando por la habitación—. Al fin y al cabo sois un pirata. Ese reloj podría haber llegado a vuestras manos de cualquier manera.

—Justamente —murmuró James, intuyendo que Edward no había dicho aquella frase de forma casual. Se había construido ya una posible excusa para desmentir la versión de Florence.

—Yo digo que ha habido un complot, Edward... —intervino Florence—. Un complot urdido a espaldas del rey para garantizar la sucesión al príncipe Guillermo.

—Cuidado con lo que dices, prima... —saltó Edward irritado—. Hay reglas concretas para poder subir al trono. No es suficiente haber... nacido. Con todo el respeto, señor Fry.

James empezaba a percatarse de que Edward no estaba nada contento con su llegada a la ciudad. Es más, que, de alguna manera, lo temía. Estaba protegiéndose, y parecía mucho más preocupado de lo que quería aparentar.

James decidió anticiparse en la jugada.

—Jamás he pretendido reclamar un título —declaró en ese punto.

—La reina goza de perfecta salud... —le interrumpió Edward.

—Larga vida a la reina —asintió James—. Lo que quería deciros es que me encuentro aquí solo para conocer la verdad. Saber dónde nací, y tener claro si fue mi padre el que ordenó nuestro alejamiento. Que fuera o no el rey de Inglaterra no me importa nada. Querría saber por qué lo hizo. Es esta la única pregunta que me ha acompañado toda la vida.

Edward siguió todo el discurso dándole la espalda y mirando fijamente un punto del patio, fuera de la ventana. Luego preguntó pensativo:

—¿De manera que no pretendéis reclamar ningún derecho?

James intercambió una mirada con Lady Florence, antes de responder.

—Excepto el de estar aquí, señor. Y el de estar vivo.

8

Se despidieron y tomaron dos caminos diferentes. El príncipe de Gales salió por la puerta que había estado mirando de reojo durante todo el tiempo que había durado el encuentro. James y Lady Florence por la que habían llegado. Un instante antes de salir al patio, James agarró a Lady Florence de una mano y la detuvo.

—Espera —le susurró atrayéndola hacia él—. ¿Tiene otra salida, este edificio?

—¿Por qué me lo preguntas?

James se limitó a mirarla fijamente y Lady Florence, tras unos instantes, asintió.

Le llevó hasta un estrecho pasillo y, desde allí, salieron a la calle.

—¿Qué ocurre, James?

Él observó las casas de alrededor, se orientó y se desplazó rápidamente a lo largo de la calle, manteniéndose pegado a las paredes.

—Es solo una sensación... —murmuró.

Empleó poquísimo tiempo en dar media vuelta a la manzana y en localizar en la calle a dos feos tipos vestidos de negro, con la espalda apoyada en las columnas, como esperando a alguien. Se metió en el portal de una casa y señaló a los dos hombres para que Lady Florence pudiera verlos.

—¿Los conoces? —preguntó.

—No... —balbuceó la joven—. ¿Debería conocerlos?

—Creo que has estado demasiado tiempo lejos de la corte —gruñó James.

—No pensarás que...

—No pienso nada —atajó él—. Pero estoy convencido de que tu primo nos esconde algo.

—Es imposible —insistió Florence—. Tú no conoces a Edward.

James advirtió que los dos hombres se habían movido y habían empezado a discutir con alguien, que permanecía escondido tras la esquina del edificio.

—Quizá tengas razón. O quizá no. Y la única manera que tenemos de saberlo es... descubrir con quién están hablando.

No tuvieron que esperar mucho. Instantes después, el príncipe Edward cruzó la calle y se metió en un carruaje.

Florence tenía los ojos fuera de las órbitas y se había quedado inmóvil junto a James.

—¿Qué significa, James?

El capitán del Estrella de la Mañana esperó a que el carruaje se alejara y los esbirros partieron en direcciones diferentes.

—No lo sé —respondió—. Pero viendo lo preocupado que está tu primo, quizá soy de verdad el hijo del rey.

9

Adelante —ordenó Su Majestad.

La viuda de Windsor parecía una gran araña negra acurrucada en una telaraña de cojines y paquetes de correspondencia. Levantó apenas la mirada para reconocer a su huésped.

Era su hijo.

La reina Victoria despidió a todos sus colaboradores con gestos expeditivos.

—¿Y bien? ¿Qué significa toda esa urgencia para hablar conmigo, Edward? —preguntó, con voz baja y tranquila—. ¿De qué se trata, esta vez?

—Es algo relacionado con vuestra sobrina, madre... —comenzó el príncipe de Gales, tras una reverencia.

—¡Otra vez Florence! —saltó la Reina—. ¿Pero cómo es posible? Tengo entendido que volvió hace menos de un día de sus viajes. ¿Y vos os presentáis ya aquí para lamentaros?

—No exactamente, madre —balbuceó Edward.

—¡Entonces hablad, vamos! ¡Hablad! ¿Qué es lo que os angustia?

—Se trata de una historia muy pintoresca, madre...

Y, armado del valor necesario, se la contó.

La reina Victoria no movió un solo músculo en todo el discurso, mirando fijamente a su hijo con rostro imperturbable. Su cuerpo macizo y pálido parecía esculpido en mármol.

—¿Pero qué tontería es esta? —soltó al final.

—Este... pirata, madre, afirma haber rodeado África en cincuenta días, solo para llegar antes que nuestro vapor correo, procedente de Suez.

Esta vez la reina se sobresaltó.

—Creo que estáis leyendo demasiadas novelas de aventuras, querido Edward. ¿Cómo se llama el francés del *Nautilus*? ¿Jules Verne? Esto es: me habéis contado una historia digna de su pluma, más que de cuestiones de estado...

—Pero...

—¡Vamos, Edward, vamos! De verdad queréis hacerme creer en un misterioso complot en la corte... en un niño que se escapa de casa a los trece años para embarcarse... que sirve como ilegal con nuestro añorado Brooke... y que por último es hallado por vuestra prima, digo, ¡vuestra prima! ¿Os dais cuenta de lo absurdo que suena todo esto?

—Pero hay pruebas —protestó Edward, que empezaba a sentirse como un niño regañado por el profesor—. El reloj de oro que se acciona con la llave que encontró Florence...

—Justamente: de nuevo ella. ¡Florence! ¿Cuántas veces te embaucó cuando erais pequeños? Y por lo que parece sigue haciéndolo...

—Y los diarios...

—Si existen los diarios, Edward, encontradlos y quemadlos —concluyó la reina expeditivamente—. Y os habréis desembarazado de todos los problemas.

Edward abrió de par en par la boca por la sorpresa.

—Y cuando llegue el vapor correo con los despachos de vuestra prima a los que habéis aludido, los podréis presentar como pruebas de lo absurdo de este asunto.

—¡Pero Florence sabe que todas esas cartas son falsas!

—¡Florence! ¡Florence! Si os sirve de consuelo, pequeño mío, haré que vuestra prima deje Inglaterra en las próximas cuarenta y ocho horas. La mandaré al destierro a algún lugar, lejos de la corte... y vos podréis al fin dejar de preocuparos por ella.

Edward se quedó mudo de sorpresa. Pero no mostró un especial disgusto ante la idea de alejar a Lady Florence de Londres.

—Como deseéis, madre... –murmuró.

—¡Y ahora no me deis más la lata con esta historia! —le despidió la reina—. ¡Tengo cosas más importantes de las que ocuparme!

Edward retrocedió titubeando hasta la puerta y la cerró a sus espaldas. La reina Victoria se arrastró con cansancio hasta la ventana, donde se quedó observando los jardines, con las manos cruzadas en la espalda.

Hacía años ya que observaba el mundo desde ese ángulo.

Un murmullo a su espalda le recordó que no estaba sola.

—¿Es verdad lo que ha contado Edward? —susurró la soberana,

perfilada al contraluz de la ventana—. ¿De verdad ha empleado cincuenta días de Singapur a Londres?

—Sí, Majestad —confirmó una voz, que permanecía en la sombra.

—¿Y con qué embarcación lo ha logrado?

—Con un clíper llamado Estrella de la Mañana.

La reina Victoria apretó los labios, pensativa.

—Ese hombre ha debido de hacer un pacto con el diablo.

—No lo creo —le respondió la sombra—. Aunque no sois la primera que lo piensa, desde luego...

La reina Victoria trató de darse la vuelta, enredada en su propio vestido.

—James Fry es simplemente un espíritu libre, Majestad.

10

Por aquí, señores, por favor... —dijo el camarero del Dog and Duck—. Cuidado con la cabeza, eso es, por aquí...

Les acomodó en una habitación minúscula, pero luminosa, con una ventana de cristales esmerilados que daba a la calle y el suelo de madera oscura que crujía bajo los pies.

El doctor les estaba esperando.

Estaba sentado en un sillón de piel tachonada junto a la chimenea y fumaba en su bella pipa de marfil.

Cuando Lady Florence y su huésped entraron en la habitación, trató de ponerse de pie y se alisó la barba y el bigote amarillentos, con la esperanza de lograr estar más presentable.

—¡Lady Florence! ¡He venido en cuanto me habéis avisado! ¡Pero qué sorpresa tan grande! ¿Cómo lo habéis conseguido?

La joven le abrazó y lo estrechó casi hasta ahogarle.

—¡Qué placer volver a veros!

—¡Eh, eh! —se quejó el doctor—. ¡Señorita, por favor! ¡Con cuidado!

Lady Florence le soltó solo para poder presentarle a James.

—Como os anuncié, doctor, os presento al señor James Fry...

James le tendió la mano izquierda.

—Es mucho más que un placer conoceros, señor —dijo el

doctor, que evidentemente estaba conmovido—. Perdonadme la emoción, pero... nunca creía que pudiera tener esta ocasión.

—Tampoco yo, doctor —respondió James—. Pero si estoy aquí creo que es sobre todo mérito vuestro.

—¡Mérito mío! ¡Oh, no querido muchacho! ¡Pero, miraos! ¿Estáis segura de no haberos equivocado, Lady Florence? ¡Este señor es un jovencito!

Lady Florence sonrió y el doctor trató de acariciar las mejillas de James, quien, por primera vez en cincuenta años, no se apartó.

—Lo supe desde que os cogí entre mis manos, que erais robusto como un toro.

Se sentaron alborozados a los dos lados de la chimenea. James, prudente como siempre, examinó la habitación. Además de la ventana que daba a la calle, había dos puertas: aquella por la que habían entrado y otra de doble batiente, que estaba cerrada. Ninguna sensación extraña, nada sospechoso.

El doctor, mientras tanto, apoyó una mano sobre la de Lady Florence y se la acarició, feliz.

—Ni siquiera sé por dónde empezar, señor Fry. Si estuviera aún vivo el rector de Eton se sentiría feliz de veros. Porque fue mérito suyo, debéis saber, que lográramos haceros escapar del sicario y que embarcarais para Ultramar.

—¿Fue mi padre el que dio la orden de asesinarme?

—¡Vuestro padre ni siquiera supo nunca que habíais nacido! Estaban todos de acuerdo en ocultarle la noticia.

—¿Quiénes son todos, doctor?

—En primer lugar, el príncipe Guillermo, su hermano. Temía que vuestro padre el rey pudiera legitimaros como heredero. Y con él, el primer ministro. Un oficial de la marina y un hombre al que todos llamaban el alemán. Y, naturalmente, el rector de Eton.

—Entonces se trató en verdad de un complot —susurró Lady Travelyan.

El doctor se cogió la cabeza con las manos, sacudiéndola violentamente.

—¡Exactamente! Un complot. ¡Y para llevarlo a cabo, me utilizaron a mí! Yo era solo un joven médico, maravillado por el hecho de que me hubieran llamado a Windsor, y... ¡obedecía! ¡Fui yo en persona, señor Fry, el que mintió a vuestro padre! ¡Subí a sus habitaciones con su hermano y me vi obligado a decirle que habíais muerto! ¡Que habíais muerto tanto vos como vuestra madre!

El rostro de James estaba pálido, inmóvil.

—¿Podréis perdonarme algún día? —sollozó el doctor.

—¿Por qué? —preguntó James, apenas se calmó el doctor—. ¿Por qué lo hicisteis? —repitió luego con mucha calma, después de darle tiempo de usar el pañuelo.

El doctor se secó los ojos y la nariz y respondió:

—Lo hice porque tuve miedo, señor Fry. Tuve miedo, y quería vivir.

Lady Florence, el doctor y el niño que nunca nació pasaron toda la tarde charlando. James habló de su vida en el mar y de los lugares que había visitado. El doctor, de cuando conoció a su madre, una hermosa joven de la campiña de Surrey. James les ilustró sobre el Rajá Blanco, y el doctor les contó cómo había seguido sirviendo a la Corona durante todos aquellos años y cómo él y Lady Florence se habían conocido.

Cuando estaban ya empezando a caer las primeras sombras, oyeron un alboroto procedente de otra habitación del pub.

Apenas habían tenido tiempo de alarmarse, cuando la puerta de doble batiente se abrió y aparecieron dos soldados completamente armados.

James se puso de pie con la cimitarra en mano. Estaba listo ya para abrirse paso entre ellos cuando una voz autoritaria le frenó.

El doctor se puso blanco. Lady Florence, por el contrario, hizo una reverencia y sonrió largamente.

—Debo confesaros que esta tarde he escuchado una gran y bella historia, señores... —inició la reina Victoria, mientras entraba en la habitación.

James se puso rígido, sin saber qué debía hacer. ¿Cuál era el protocolo a seguir con Su Majestad?

Inclinó la cabeza y se miró la punta de los zapatos.

—Bajad las armas —suspiró la reina despidiendo a los soldados—. Existe una afinidad de largo recorrido entre las reinas de Inglaterra y los piratas, y no tengo motivos para dudar de que esta vez sea diferente, ¿no es cierto, señor Fry?

—A vuestro servicio, Majestad... –respondió él.

—Pero no al del príncipe de Gales, por lo que he podido saber hoy...

Y viendo la expresión estupefacta de James, la viuda de Windsor se dejó llevar por una insólita carcajada.

—¡Vamos! No os preocupéis por tan poca cosa. Hacía meses que no encontraba un motivo suficientemente válido para salir del castillo, ¿lo sabíais?

—¿Y ahora lo habéis hallado? —preguntó James, para nada intimidado por el hecho de encontrarse hablando cara a cara con la monarca más poderosa del mundo.

—¡Pues claro que lo he encontrado! ¡Cincuenta días, querido mío! ¡Cincuenta días! ¿Querríais explicarme cuál es vuestro secreto, señor Fry? ¿O quizá sería mejor, vistas las circunstancias, que empezáramos a llamaros... Sir Fry?

Tercera parte

James Barrie

1884
1901

Cuando los hombres del príncipe Edward llegaron a los muelles del puerto de Londres, el Estrella de la Mañana se había marchado ya. Donde fuera que hubieran ido a parar los diarios y el reloj del pirata, el joven aspirante al trono no los encontró: ni aquella tarde ni nunca.

Lady Florence Trevelyan abandonó Londres, de acuerdo con la reina: adquirió una minúscula isla frente al pueblo de pescadores de Taormina, en Sicilia, se construyó una casa y se trasladó allí. A todos aquellos que le preguntaron por los motivos de semejante decisión, les respondió que el clima era magnífico, la comida excelente y la compañía impagable. Los salones Trevelyan, en la Isla Bella, se convirtieron en uno de los más famosos lugares de encuentro de artistas, rebeldes y personajes ilegales.

Entre ellos estaba buena parte de la chusma de James.

Se escribían a menudo: Sir James Fry recibió en concesión por parte de la Corona el título y una pequeña hacienda en la campiña de Surrey, cerca de donde nació su madre, con la condición de llevar una vida reglamentaria y de no plantear ningún tipo de reivindicación. Su descendencia directa del rey no fue reconocida nunca oficialmente, pero todo aquello que James había querido saber, ahora ya lo sabía.

Desde que recibió la hacienda dejó de escribir, como si su vida se hubiera interrumpido, o colmado en todas sus necesidades.

No era feliz del todo, ni estaba triste, ni melancólico.

No se sentía solo. Vivía muy bien en su campiña.

Y pensaba que su vida concluiría allí.

Hasta que un buen día tomó un tren directo a Londres.

Y lo encontró.

1

Era un álbum de fotos.

Un bonito álbum de fotos que alguien había dejado olvidado en el asiento del tren.

James se balanceó sobre el bastón de paseo, que tenía agarrado con el garfio, y se alisó el largo bigote blanco.

Miró a su alrededor, indeciso.

Estaba solo en el compartimiento.

Quien fuera que lo hubiera olvidado, debía de haber bajado en la estación en la que él acababa de subir.

Las ventanillas del vagón estaban bajadas y las cortinillas se hinchaban por la velocidad. La locomotora bufaba y se agitaba en los cambios, mientras atravesaba las verdes colinas inglesas.

Se sentó.

Cogió el álbum y se lo colocó sobre las rodillas. Se prometió a sí mismo que se lo entregaría al revisor en cuanto pasara.

El título del álbum era: *Los niños náufragos de la isla del lago negro*.

Y por un instante James se preocupó. Pasó las primeras páginas con una cierta inquietud, y descubrió que eran fotos de una alegre familia jugando en el campo.

Suspiró.

Había temido que se tratara de verdad de las fotografías de un naufragio.

Tosió, mientras pasaba las páginas.

Las fotos de aquel álbum eran de una belleza casi dolorosa. Los niños le transmitían una felicidad purísima e incondicional.

Rodaban por la hierba. Se perseguían. Jugaban a luchar. Se subían a caballo de un perro gigantesco. Llevaban un parche de pirata y empuñaban una espada de madera.

Por cada uno de ellos, James volvía a ver al tigre disecado que le salvó la vida, o a Delroy, que reposaba en el fondo del mar, o al señor Neville, que le señalaba a los macacos en las palmeras.

Todos niños perdidos.

James sonrió cuando llegó a la última fotografía. Una pequeña dedicatoria decía:

A la familia Davies,
con inmensa gratitud.
J.M. Barrie, fotógrafo aficionado.

Ahí estaba el nombre de quien había perdido el álbum. El señor o la señora Davies, o ese J. M. Barrie, fotógrafo aficionado.

Que, sin embargo, no parecía tan aficionado. Eran fotos extraordinariamente auténticas.

Le vino a la cabeza el cartel de la sastrería de su madre, donde

May hizo escribir *Premiada* aunque no había recibido ningún premio, y pensó que no siempre es verdad aquello que se escribe. Mientras que una fotografía no podía mentir: aquellos niños eran felices de verdad.

Y eran ajenos a cualquier otra crueldad, que no formara parte de sus juegos.

Cuando pasó el revisor, James evitó mostrarle el álbum de fotos. Decidió que lo entregaría en persona, al llegar a Londres.

Y de este modo tendría algo que hacer.

Cerró los ojos, gozando del frescor de la brisa que llegaba de la ventanilla.

Le pareció oír el chasquido de las velas del Estrella de la Mañana, pero al abrir los ojos se dio cuenta de que lo había imaginado.

Los niños náufragos seguían sonriendo.

En cuanto llegó a la habitación del hotel se informó sobre el tal J.M. Barrie y descubrió que no era en absoluto un fotógrafo aficionado. Era un comediógrafo, y además bastante reconocido. No fue difícil encontrar su dirección y enviarle una nota, en la que le indicaba que había recuperado su álbum.

El señor Barrie le respondió rápidamente a vuelta de correo.

Veámonos esta noche, en el Robinson Crusoe.

Y James comprendió que aquella invitación era perfecta.

No podía existir un local mejor, para un encuentro entre náufragos.

2

Se puso un traje muy sencillo, pero elegante. Se miró al espejo, se colocó la capa ligera, las sandalias trenzadas que era el único calzado que toleraba (había descubierto qué era lo bueno de haberse hecho noble y mayor: cualquier rareza se consideraba una originalidad, como mucho) y salió del hotel.

Después de preguntar al cochero dónde se encontraba la taberna de Robinson, comprobó la hora en el cronógrafo de su padre y decidió ir a pie.

Llegó puntual, y no le costó ni un instante reconocer a su interlocutor entre los clientes presentes.

—¿Señor Barrie? —se presentó, quitándose el sombrero—. ¿James Barrie?

El otro levantó la mirada. Era bajito, con el bigote engominado y los ojos vivaces de un niño. Parecía jovencísimo, aunque por su notoriedad no podía serlo.

James comprendió que sufrían la misma enfermedad: indiferencia a la vejez.

—Me llamo James Fry. He encontrado vuestro álbum. Es un verdadero placer conoceros —añadió, tendiéndole la mano izquierda.

—Tenemos el mismo nombre —observó el señor Barrie.

—Eso parece.

Se estrecharon la mano con vigor y se sentaron.

El comediógrafo miró con descaro el garfio de James y, a diferencia de todas las demás personas, que evitaban el tema, le preguntó sin ninguna hipocresía:

—¿Qué le ha pasado?

—Es una vieja historia —respondió James.

—Se lo ruego, cuéntemela.

Tenía un modo tan natural de ser curioso que James saboreó, por primera vez en muchos años, la sensación de haber encontrado una persona que se le parecía.

Pidieron la consumición.

—Me estabais hablando de vuestra mano... —insistió Barrie, apenas llegaron las cervezas—. ¿Cómo se os ocurrió ir por ahí con una cabeza de elefante?

—Soy un pirata —respondió james—. Quiero decir. Lo he sido.

—¿Bromeáis?

—En absoluto. He sido uno de los piratas más terribles de las Indias Orientales. Soy el enemigo número uno del Imperio Británico. Un pirata tan peligroso que la reina no pudo hacer nada mejor que nombrarme... sir.

—¡Salud! —exclamó entonces Barrie, haciendo chocar las jarras de cerveza—. ¿Y cómo es la reina? —preguntó, todavía con espuma en el bigote.

—Le gusta la velocidad —respondió James con una sonrisa.

El álbum de fotos parecía completamente olvidado. Los dos hombres empezaron a reír y a bromear, descubriendo que tenían un sentido del humor muy afín.

—Adelante, James... contadme vuestra historia —propuso en un determinado momento Barrie—. Aquello que podáis contarme, al menos.

James se lo pensó un poco antes de decidirse.

—La verdad es que debería haber estudiado en Eton, porque nací a pocos pasos del colegio —comenzó.

—A pocos pasos del colegio está el castillo de Windsor —observó Barrie.

—Exacto —continuó James—. Pero probablemente la historia de Inglaterra sería diferente si en Eton hubieran conocido mi identidad...

—No me diga... —murmuró el comediógrafo sin ninguna ironía.

Estaba serio. Embelesado y curioso.

Como cuando de niños nos confiamos las primeras aventuras.

—La cuestión es, señor Barrie, que la Inglaterra que usted conoce y la reina que se sienta en el trono... bueno: no debería ser así. Es como si estuviéramos viviendo en una isla que no existe...

—¿Una isla que no existe? —repitió Barrie fascinado.

—Exacto. Intentad imaginar a un niño perdido... era así como yo me sentía. Perdido y valiente. Estaba solo y era libre. Dependía todo de mí. —James mostró el garfio de su mano derecha—. Y de la suerte. ¿Habéis oído hablar alguna vez de una divinidad llamada Ganesh?

Barrie negó con la cabeza.

—Vive en el interior de la selva, señor Barrie, y está atormentado por una campanilla.

—¿Una campanilla?

—Una minúscula campanilla que suena continuamente y no le deja nunca solo...

Barrie apoyó la barbilla en las manos y James empezó a contarle. Le habló de cómo había crecido en Trivandrum, de cuando se escapó de casa, de Salvo, del naufragio y del miedo que le daban los cocodrilos. Le explicó cosas del Rajá de Sarawak, del capitán Moore y del Estrella de la Mañana, de su chusma de fieles y del reloj con las agujas paradas en las tres y cincuenta y dos.

—Quizá no fue una buena cosa encontrar la llave para darle cuerda... —bromeó Barrie, mientras pedía otra ronda.

James relató alguna de sus mil aventuras, los abordajes y las batallas, los tesoros y los puertos escondidos, las playas y los secretos de Oriente. Le habló de aquella vez que escapó a un convoy chino. Y de cuando el Estrella de la Mañana se libró, por un pelo, de los soldados del príncipe de Gales.

—Vos que sabéis cómo escapar, ¿por qué no seguís huyendo? —preguntó Barrie al final del relato.

James le miró estupefacto.

—Volved a vuestras aventuras —continuó el comediógrafo—.

¿Qué hacéis aquí, entre todos estos hombres mediocres, que padecen gota o la tristeza del poder?

No lo había pensado nunca en términos tan claros, se dijo James.

Y quizá era justamente esa idea la que tanto le angustiaba.

«Vos que sabéis cómo escapar, ¿por qué no seguís huyendo?»

—Porque quizá, esta vez, no lo sé hacer —admitió, apoyando su garfio en la mesa.

Cuando el señor J.M.Barrie estrenó su comedia titulada *Peter Pan,* le mandó el guión a Sicilia. Y James Fry descubrió que se había convertido en uno de sus personajes: el Capitán Garfio. El malo.

El texto le gustó mucho: tenía una fuerza cruel, aunque el protagonista, Peter, le resultó muy antipático.

—¡Este eres tú, desde luego! —exclamaron Salvo, Ciro y Lady Florence refiriéndose a Garfio cuando lo leyeron—. ¡Igualito igualito! ¿Pero, cómo lo habrá hecho?

Eso es, se preguntó James.

¿Cómo lo había hecho?

Los millares de páginas de los diarios que escribió durante toda su vida no valían una sola línea de aquellas que el señor J. M. Barrie redactó en su obra.

La vida de James estaba mejor resumida en aquel personaje de fantasía que en sus detalladísimos apuntes.

¿Cómo era posible?

¿Cuál era el secreto?

Fue un misterio que no logró resolver nunca, pero que debía de tener algo en común con la capacidad de derrotar al tiempo.

No todos, sin embargo, sabían cómo hacerlo.

Cuando Lady Florence murió, James Fry no figuraba entre las personas que participaron en su funeral.

Se sabía muy bien cómo odiaba los funerales en general, y cuánto había amado a aquella mujer tan extraordinaria. Era como si se hubiera apagado una estrella: con la muerte de Florence la Isla Bella dejó de ser aquel refugio de artistas e historias fantásticas que había sido durante todos aquellos años.

Se vendió.

Ella fue sepultada en un cementerio con vistas al mar. Sus cartas se dispersaron, y de los dos especialísimos baúles de fabricación india, que muchos invitados habían visto en su salón, se perdió el rastro.

La noche en la que murió, sin embargo, algunos niños del lugar juraron que habían visto a algunos viejos marineros subir a bordo de un barco con velas negras, anclado en la bahía.

Uno de ellos tenía una mano con forma de garfio.

Y juraron que el barco había tomado rumbo a Oriente, por la mañana.

Agradecimientos

No habría podido escribir esta novela sin la confianza y la paciencia de Alice, Chiara y Giovanni. La idea de afrontar el personaje de Garfio nació al aceptar de ellos un desafío, y se concretó gracias a dos afortunadas coincidencias: la cocina creativa de Lù y el silencio de Cartino, la casa donde al final me refugio siempre para escribir, cuando me doy cuenta de que estoy terriblemente atrasado. Un agradecimiento va también para Pietro y Marcella, que me concedieron el tiempo de hacerlo.

Entre todas las cosas que descubrí en la fase de documentación, y que no he podido introducir en la novela, me gustaría recordar alguna, en cualquier caso. El hecho de que Jules Verne se escapara de casa a los once años para embarcarse es cierto. Así como es verdad que al final del siglo XVIII se creía que la historia de los (verdaderos) piratas escrita por el (falso) capitán Johnson era auténtica. Detrás del capitán se escondían probablemente el (verdadero) Daniel Defoe, autor de la historia del más famoso (y falso) náufrago de todos los tiempos. Las descripciones más logradas de esta novela han sido tomadas de los diarios de William Lambton, director de las investigaciones geográficas sobre Indostán, de las del Conde Edward de Warren, oficial mercenario al servicio de Su Majestad británica, y del naturalista Edmond Cotteau, corresponsal de la Academia de Ciencias de París (así como las leí en la colección de las Guías Imposibles, de Franco Maria Ricci); Borneo debe mucho al antropólogo Jean-Yves Domalain (*Le case lunghe*, Mondadori) y al viajero del siglo XIX Pierre Loti (*L'India senza gli inglesi*, EDT). No debe sorprender que James Fry sirviera de inspiración a J. M. Barrie para crear el capitán Garfio. El aventurero inglés James Brooke (verdadero) se convirtió en el gran malvado (falso) del ciclo de los Piratas de Malasia de Emilio Salgari. El zoológico de Trivandrum (verdadero) fue inaugurado por el Marajá en 1857, por lo que es sin duda falso que existieran jaulas de animales en los tiempos en que James era niño.

He adaptado un párrafo entero de *Los dos tigres* en la escena del abordaje, para hacer un homenaje a mi maestro de aventura. Me gustaría pensar que, en una de sus escasas vacaciones, Salgari fuera un invitado del (verdadero) salón literario de Lady Florence, en la Isla Bella de Taormina. Si pasáis por el parque de la ciudad, o tenéis ganas de trepar hasta Castelmola, id a saludarla: su fascinante misterio y la sencillez grandiosa de su vida os maravillarán.

He reconstruido las partes de viaje en el Esperanza y en el Estrella de la Mañana (además de las informaciones sobre el récord de velocidad del clíper) gracias a *Ascesa e declino della potenza navale britannica* de Paul Kennedy (Garzanti Libri) y *Bucanieri nei Caraibi* de Alexandre Olivier Exquemelin (Effemme Edizioni).

El álbum fotográfico *The Boy Castaways of Black Lake Island* lo perdió realmente el padre de los hermanos Davies en un tren hacia Londres.

Y James Matthew Barrie, el (verdadero) autor de (falso) *Peter Pan*, declaró en innumerables ocasiones, que su (falso) capitán Garfio habría tenido que frecuentar el colegio (verdadero) de Eton. Se dice también que, entre sus muchas rarezas, Garfio tenía la sangre de un color insólito. Evidentemente, debía de ser azul.

Jorge IV, James Brooke, J. M. Barrie, James Fry y Lady Trevelyan no tuvieron hijos.

Acqui Terme, diciembre 2010 – junio 2011

P.S.: No todos los «verdaderos» y los «falsos» de estos agradecimientos son necesariamente verdaderos.

Índice

Primera parte – James Fry

Segunda parte – James Brooke

Tercera parte – James Barrie

Pierdomenico Baccalario

Nací el 6 de marzo de 1974 en Acqui Terme, una pequeña y bella ciudad piamontesa. Crecí rodeado de bosques, con mis tres perros, mi bicicleta negra y Andrea, que vivía a cinco kilómetros de cuestas de mi casa.

Empecé a escribir en el bachillerato de letras: en algunas clases especialmente aburridas fingía tomar apuntes, mientras que en realidad inventaba relatos. Allí conocí también a un grupo de amigos a quienes les apasionaban los juegos de rol con los que inventé y exploré decenas de mundos fantásticos. Soy un curioso, pero discreto explorador.

Cuando hice Derecho en la universidad, gané el premio Battello a Vapore con la novela *La strada del guerriero*, en el que fue uno de los días más bonitos de mi vida. Y desde aquel momento empecé a publicar novelas. Después de la licenciatura he trabajado en museos y proyectos culturales, tratando de contar historias interesantes también a los viejos objetos polvorientos. Empecé a viajar y a cambiar de horizontes: Celle Ligure, Pisa, Roma, Verona. Me encanta ver lugares nuevos y descubrir diferentes formas de vivir, aunque después, al final, me refugio siempre en los mismos.

Hay un lugar especial. Es un árbol de Val de Susa, desde el que puede verse un paisaje magnífico. Si, como yo, adoráis caminar, os explicaré cómo encontrarlo.

Siempre que guardéis el secreto.

¿Tú eras más de Peter Pan o de capitán Garfio?

¿Y ahora, después de leer este libro?

Nosotros en la Galera lo tenemos clarísimo...

Indias Orientales
A.D. 1879
27º día de navegación a bordo de
Superado el Cabo de
Rumbo a la Isla
India
Mar Arábigo
África
Océano Índico